Capture Me
Ergreife Mich

Ergreife Mich: Buch 1

Anna Zaires

Aus dem Amerikanischen von
Grit Schellenberg

♠ Mozaika Publications ♠

Alle in diesem Buch geschilderten Handlungen und Personen sind frei erfunden. Ähnlichkeiten mit lebenden oder verstorbenen Personen, Geschäftseinrichtungen, Ereignissen oder Schauplätzen wären zufällig und nicht beabsichtigt.

Copyright © 2015 Anna Zaires and Dima Zales
www.annazaires.com/deutsch.html

Alle Rechte vorbehalten

Kein Teil dieses Buches darf reproduziert, gescannt oder in gedruckter oder elektronischer Form ohne vorherige Erlaubnis verbreitet werden. Ausnahme ist die Benutzung von Auszügen in einer Buchbesprechung.

Veröffentlicht von Mozaika Publications, einer Druckmarke von Mozaika LLC.
www.mozaikallc.com

Lektorin: Kerstin Frashier

Cover: Najla Qamber Designs
najlaqamberdesigns.com
Foto: Lindee Robinson Photography
Models: Sarah Stroven und Adam Stroven

e-ISBN: 978-1-63142-152-5
Print ISBN: 978-1-63142-153-2

TEIL I: DER AUFTRAG

ERSTES KAPITEL

❖ YULIA ❖

Die beiden Männer vor mir verkörpern Gefahr. Sie strahlen sie förmlich aus. Einer von ihnen ist blond, der andere dunkelhaarig — eigentlich sollte sie das zu kompletten Gegenteilen machen, aber auf gewisse Weise ähneln sie sich. Sie haben die gleiche Ausstrahlung.

Eine Ausstrahlung, von der mir innerlich kalt wird.

»Ich möchte gerne eine delikate Angelegenheit mit Ihnen besprechen«, sagt Arkady Buschekov, der russische Politiker neben mir. Sein verblasster, farbloser Blick ist auf das Gesicht des dunkelhaarigen Mannes gerichtet. Buschekov spricht Russisch und ich wiederhole seine Worte umgehend auf Englisch. Meine

Übersetzung ist flüssig und mein Akzent ist nicht herauszuhören. Ich bin eine gute Übersetzerin, auch wenn das nicht meine eigentliche Arbeit ist.

»Fahren Sie fort«, meint der dunkelhaarige Mann. Er heißt Julian Esguerra und ist ein Waffenhändler im großen Stil. Das weiß ich aus der Akte, die ich diesen Morgen durchgegangen bin. Er ist die wichtige Person, an die ich heute herankommen soll. Das sollte mir nicht allzu schwer fallen. Er ist ein umwerfend gut aussehender Mann mit blauen, stechenden Augen und einem dunkel gebräunten Gesicht. Hätte er nicht diese Ausstrahlung, die mich erschaudern lässt, würde ich mich wirklich von ihm angezogen fühlen. So wie die Dinge stehen, werde ich es ihm vorspielen müssen, aber das wird er nicht spüren.

Das tun sie nie.

»Ich bin mir sicher, dass Sie sich der Schwierigkeiten in unserem Gebiet bewusst sind«, sagt Buschekov. »Wir möchten, dass Sie uns dabei helfen, diese Angelegenheit zu lösen.«

Ich übersetze seine Worte und versuche, so gut wie möglich meine wachsende Aufregung zu verbergen. Obenko hatte recht. Zwischen Esguerra und den Russen braut sich etwas zusammen. Obenko hatte es sofort vermutet als er erfuhr, dass der Waffenhändler Moskau einen Besuch abstattet.

»Inwiefern helfen?«, fragt Esguerra. Er sieht nicht besonders interessiert aus.

Als ich seine Worte für Buschekov übersetze, werfe ich einen kurzen Blick auf den anderen Mann am Tisch — den mit den blonden Haaren, die so kurz sind, wie es normalerweise beim Militär üblich ist.

Lucas Kent, Esguerras rechte Hand.

Ich habe versucht, ihn nicht anzusehen. Er jagt mir noch mehr Angst ein als sein Chef. Zum Glück ist er nicht meine Zielperson, also muss ich nicht so tun, als sei ich an ihm interessiert. Aus irgendeinem Grund werden meine Augen von seinen harten Gesichtszügen angezogen. Durch seinen großen, stark muskulösen Körper, sein eckiges Kinn und seinem finsteren Blick erinnert mich Kent an einen Bogatyr — einen dieser tapferen Krieger aus den russischen Volksmärchen.

Er erwischt mich dabei wie ich ihn anschaue, und seine blassen Augen blitzen auf, als sie an meinem Gesicht hängenbleiben. Ich blicke schnell weg und unterdrücke einen Schauer. Diese Augen lassen mich an die Eiskristalle draußen denken — blau-grau und eiskalt.

Gott sei Dank ist er nicht derjenige, den ich verführen muss. Es wird viel, viel einfacher sein, seinem Chef etwas vorzuspielen.

»Es gibt da bestimmte Teile der Ukraine, die unsere Hilfe benötigen«, sagt Buschekov. »Aber wegen der derzeitigen Meinung weltweit wäre es problematisch, wenn wir einmarschieren und helfen würden.«

Ich übersetze schnell was er sagt und konzentriere mich wieder auf die Informationen, die ich eigentlich sammeln soll. Das ist wichtig; das ist der Hauptgrund dafür, weshalb ich heute hier bin. Esguerra zu verführen ist zweitrangig, auch wenn wahrscheinlich unvermeidbar.

»Also soll ich das stattdessen tun?«, fragt Esguerra und Buschekov nickt, als ich übersetze.

»Ja, so etwas in der Art«, erwidert Buschekov. »Wir hätten gerne, dass eine große Schiffsladung voller Waffen und anderer Waren die Freiheitskämpfer in Donetsk erreicht. Sie würde dann nicht zu uns zurückverfolgbar sein. Als Gegenleistung würden Sie die normale Entschädigung bekommen und eine sichere Reise nach Tadschikistan.«

Als ich ihm diese Worte übermittele, lächelt Esguerra kalt. »Ist das alles?«

»Es wäre uns außerdem wichtig, wenn Sie zur Zeit Geschäfte mit der Ukraine vermeiden würden«, sagt Buschekov. »Zwei Stühle und ein Arsch und so.«

Ich versuche den letzten Teil so gut wie möglich zu übersetzen, aber auf Englisch hört es sich nicht so ausdrucksvoll an. Außerdem präge ich mir jedes einzelne Wort ein, damit ich später alles was gesagt wurde Obenko wiedergeben kann. Das ist genau das, was mein Chef hören wollte. Oder besser gesagt was er befürchtete zu hören.

»Ich befürchte, dafür werde ich eine zusätzliche Entschädigung verlangen müssen«, sagt Esguerra. »Wie Sie wissen, bleiben wir normalerweise neutral bei derartigen Konflikten.«

»Ja, davon haben wir gehört.« Buschekov spießt ein Stück Selyodka — gesalzenen Fisch — auf seine Gabel, schiebt ihn in seinen Mund und kaut langsam, während er dabei den Waffenhändler anschaut. »Vielleicht könnten sie in diesem Fall ihre Position noch einmal überdenken. Die Sowjetunion mag zwar nicht mehr bestehen, aber unser Einfluss in der ganzen Gegend ist immer noch beträchtlich.«

»Ja, dessen bin ich mir bewusst. Weshalb denken Sie bin ich sonst gerade hier?« Esguerra Lächeln ähnelt dem eines Hais. »Aber Neutralität aufzugeben ist eine teure Angelegenheit. Ich bin mir sicher, dass Sie das verstehen.«

Buschekovs Blick wird kälter. »Das tue ich. Ich bin autorisiert, Ihnen zwanzig Prozent mehr als den normalen Preis für Ihre Kooperation in dieser Angelegenheit zu zahlen.«

»Zwanzig Prozent? Während gleichzeitig meine potentiellen Profite halbiert werden?« Esguerra lacht leise. »Das glaube ich nicht.«

Nachdem ich die Antwort übersetzt habe gießt sich Buschekov einen weiteren Wodka ein und lässt ihn im Glas kreisen. »Zwanzig Prozent mehr plus der gefangene Al-Quadar Terrorist«, erwidert er nach einigen Augenblicken. »Das ist mein letztes Angebot.«

Ich übersetze seine Worte und schaue erneut kurz zu dem blonden Mann, da ich eigenartigerweise neugierig auf seine Reaktion bin. Lucas Kent hat die ganze Zeit über kein einziges Wort gesagt, aber ich kann spüren, dass er alles beobachtet, alles aufnimmt.

Ich kann spüren, dass er mich beobachtet.

Vermutet er etwas oder fühlt er sich von mir angezogen? Ich finde beide Möglichkeiten gleichermaßen beunruhigend. Männer wie er sind gefährlich und ich habe das Gefühl, dass genau er noch gefährlicher als die meisten anderen ist.

»Einverstanden«, sagt Esguerra und ich verstehe, dass das Gespräch beendet ist. Das, was Obenko befürchtet hat, wird geschehen. Die Russen werden den sogenannten Freiheitskämpfern Waffen zukommen lassen und das Chaos in der Ukraine wird epische Ausmaße annehmen.

Aber gut. Das ist Obenkos Problem, nicht meins. Alles was ich tun muss, ist lächeln, hübsch aussehen und übersetzen — und das tue ich auch, bis das Essen vorüber ist.

* * *

Als das Treffen beendet wird bleibt Buschekov im Restaurant um mit dem Besitzer zu reden und ich verlasse das Gebäude mit Esguerra und Kent.

Sobald wir vor die Tür treten, überkommt mich die beißende Kälte. Der Mantel den ich trage ist sehr schick, aber er hat dem russischen Winter nichts entgegenzusetzen. Die Kälte dringt durch die dünne Wolle sofort bis in meine Knochen ein. Innerhalb von

Sekunden verwandeln sich meine Füße in Eisklumpen da die dünnen Sohlen meiner Absatzschuhe nur wenig Schutz vor dem gefrorenen Boden bieten.

»Würde es Ihnen etwas ausmachen, mich zur nächsten U-Bahn Haltestelle zu bringen?«, frage ich, als sich Esguerra und Kent ihrem Auto nähern. Ich weiß, dass man mein Zittern sieht und ich hoffe darauf, dass selbst rücksichtslose Kriminelle eine hübsche Frau nicht grundlos frieren lassen würden. »Sie befindet sich etwa zehn Straßen von hier entfernt.«

Esguerra betrachtet mich einen Moment lang bevor er Lucas ein Zeichen gibt. »Durchsuche sie«, befiehlt er knapp.

Mein Herz beginnt zu rasen, als der blonde Mann auf mich zukommt. Sein hartes Gesicht zeigt keinerlei Gefühlsregung und sein Ausdruck ändert sich auch nicht, als seine großen Hände von Kopf bis Fuß über meinen Körper wandern. Es ist ein klassisches Abtasten ohne dass er versucht, mich zu betatschen, aber als er fertig ist, zittere ich aus einem anderen Grund: meine innere Kälte hat sich durch eine plötzliche, unwillkommene Erregung verschlimmert.

Nein, ich zwinge mich dazu, gleichmäßig zu atmen. Das ist keine Reaktion meines Körpers, die ich gebrauchen könnte. Er ist nicht der Mann, auf den ich reagieren sollte.

»Sie ist sauber«, meint Kent während er von mir zurücktritt und ich immer noch damit beschäftigt bin, meine Atmung zu verlangsamen.

»Also, in Ordnung« Esguerra öffnet mir die Tür des Autos. »Steig ein.«

Ich steige ein, nehme neben ihm auf der Rückbank Platz und bin dankbar, dass Kent sich nach vorne neben den Fahrer gesetzt hat. Endlich befinde ich mich in einer guten Angriffsposition.

»Dankeschön«, sage ich und schenke Esguerra mein wärmstes Lächeln. »Ich weiß das wirklich zu schätzen. Das ist einer der schlimmsten Winter der letzten Jahre.«

Zu meiner Enttäuschung spiegelt sich nicht einmal der Hauch eines Interesses auf dem hübschen Gesicht des Drogendealers wider. »Kein Problem«, sagt er und zieht sein Telefon hervor. Ein Lächeln erscheint auf seinen sinnlichen Lippen während er eine Nachricht liest und dann beginnt er eine Antwort zu tippen.

Ich betrachte ihn und frage mich, was ihn in so eine gute Laune versetzt haben könnte. Ein gutes Geschäft? Ein Angebot von einem Lieferanten, das besser ausgefallen ist als erwartet? Um was auch immer es sich handelt, es lenkt ihn von mir ab, und das ist nicht gut.

»Bleiben Sie länger?«, frage ich mit sanfter und verführerischer Stimme. Als er zu mir schaut, lächele ich erneut und schlage meine Beine übereinander — deren Länge durch meine seidigen schwarzen Strumpfhosen betont wird. »Ich könnte Ihnen die Stadt zeigen, wenn Sie möchten.« Als ich das sage, schaue ich ihm in die Augen und mein Blick ist so einladend wie möglich. Männer erkennen keinen Unterschied zwischen diesem Verhalten und echtem Verlangen; so lange die Frau aussieht als würde sie sie wollen, glauben sie auch daran.

Und um ehrlich zu sein, würden die meisten Frauen diesen Mann begehren. Er ist mehr als hübsch — wirklich umwerfend. Frauen würden trotz dieser dunklen, grausamen Note, die ich in ihm spüre, töten, um in sein ins Bett steigen zu können. Die Tatsache, dass er diese Wirkung auf mich nicht hat, ist mein Problem — eines an dem ich arbeiten muss, wenn ich meine Mission zu Ende bringen möchte.

Ich weiß nicht, ob Esguerra es bemerkt oder ich einfach nicht sein Typ bin, aber anstatt mein Angebot anzunehmen, lächelt er mich nur kühl an. »Danke für die Einladung, aber wir verlassen die Stadt früh und ich befürchte ich bin zu kaputt, um mich heute auf das Nachtleben einlassen zu können.«

Scheiße. Ich verstecke meine Enttäuschung und erwidere sein Lächeln. »Natürlich. Falls Sie ihre Meinung ändern, wissen Sie ja, wo sie mich finden können.« Ich kann nichts weiter sagen, ohne verdächtig zu wirken.

Das Auto hält vor der U-Bahn-Station und während ich aussteige, überlege ich, wie ich mein Versagen auf diesem Gebiet erklären werde.

Er wollte mich nicht? Ja, das wäre bestimmt eine gute Entschuldigung.

Ich seufze, wickele meinen Mantel fester um meine Brust und beeile mich in die U-Bahn-Station zu gelangen, da ich wenigstens schnell der Kälte entkommen möchte.

gelangen, da ich wenigstens schnell der Kälte entkommen möchte.

ZWEITES KAPITEL

❖ YULIA ❖

Das erste, was ich tue als ich nach Hause komme, ist, meinen Chef anzurufen und ihm alles zu berichten, was ich erfahren habe.

»Es ist also genau so, wie ich es vermutet hatte«, sagt Vasiliy Obenko als ich meinen Bericht beendet habe. »Sie werden Esguerra dafür benutzen, diese Scheißrebellen in Donetsk zu bewaffnen.«

»Ja.« Ich schlüpfe aus meinen Schuhen und mache mir einen Tee. »Und Buschekov hat Exklusivität verlangt, also ist Esguerra jetzt ganz und gar mit den Russen verbündet.«

Obenko lässt eine Reihe von Flüchen ertönen, von denen die meisten eine Kombination aus Ficker,

Wichser und Scheiße sind. Ich blende ihn aus als ich Wasser in einen Wasserkocher fülle bevor ich ihn anschalte.

»In Ordnung«, meint Obenko als er sich wieder ein wenig beruhigt hat. »Du wirst ihn heute Abend sehen, richtig?«

Ich atme tief ein. Jetzt kommt der unschöne Teil. »Nicht wirklich.«

»Nicht wirklich?« Obenkos Stimme wird gefährlich leise. »Was zum Henker soll das bedeuten?«

»Ich habe mich ihm angeboten, aber er war nicht interessiert.« In solchen Situationen ist es immer das Beste, die Wahrheit zu sagen. »Er meinte, sie würden bald abreisen und er sei zu kaputt.«

Obenko beginnt erneut zu fluchen. Ich nutze die Zeit um einen Teebeutel auszupacken, ihn in die Tasse zu hängen und kochendes Wasser darüberzugießen.

»Bist du sicher, dass du ihn nicht wiedersehen wirst?«, fragt er als er seine Schimpfkanonade beendet hat.

»Ziemlich sicher, ja.« Ich puste in meinen Tee um ihn abzukühlen. »Er war einfach nicht interessiert.«

Obenko schweigt einige Augenblicke lang. »In Ordnung«, sagt er letztendlich. »Das hast du versaut, aber darüber werden wir ein anderes Mal reden. Jetzt müssen wir erst einmal herausbekommen, was wir mit Esguerra und den Waffen machen, die unser Land überfluten werden.«

»Ihn eliminieren?«, schlage ich vor. Mein Tee ist immer noch ein wenig zu heiß, aber ich nehme trotzdem einen Schluck und genieße die Wärme, die meinen Hals hinunterläuft. Es ist eine einfache Freude, aber die besten Dinge im Leben sind immer die einfachen. Der Geruch von blühendem Flieder im Frühling, die Weichheit des Fells einer Katze, die saftige Süße einer reifen Erdbeere — ich habe es in den letzten Jahren gelernt, diese Dinge zu genießen, jedes letzte bisschen Freude aus dem Leben herauszupressen.

»Leichter gesagt als getan.« Obenko hört sich frustriert an. »Er ist besser geschützt als Putin.«

»Stimmt.« Ich nehme einen weiteren Schluck von meinem Tee und diesmal genieße ich seinen Geschmack. »Ich bin mir sicher, dass Sie einen Weg finden werden.«

»Wann, hat er gesagt wird er abreisen?«

»Das hat er nicht genau gesagt. Er meinte einfach nur „früh"«

»Alles klar.« Plötzlich wirkt Obenko ungeduldig. »Falls er Kontakt zu dir aufnimmt, gib mir umgehend Bescheid.«

Und bevor ich ihm antworten kann, hängt er auf.

* * *

Da ich den Abend frei habe, beschließe ich, mir ein Bad zu gönnen. Meine Badewanne, wie der Rest dieses Apartments, ist klein und schmuddelig, aber ich habe

schon Schlimmeres gesehen. Ich lenke mich von der Hässlichkeit des Badezimmers ab, indem ich einige Duftkerzen auf den Wannenrand stelle und Schaumbad in das Wasser gebe bevor ich einsteige. Ich seufze genüsslich auf, als die Wärme des Wassers meinen Körper einhüllt.

Wenn ich es mir aussuchen könnte, wäre mir immer warm. Wer auch immer gesagt hat, die Hölle sei heiß, hatte unrecht. Die Hölle ist kalt.

Kalt wie der russische Winter.

Ich bin gerade in die entspannende Wirkung meines Bades versunken, als es an der Tür klingelt. Sofort beginnt mein Herz zu rasen und ein Adrenalinschub rauscht durch meine Adern.

Ich erwarte niemanden — was bedeutet, dass es sich nur um Ärger handeln kann.

Ich springe aus der Wanne, wickele ein Handtuch um mich und renne aus dem Badezimmer in das Hauptzimmer meines Studios. Die Kleidung, die ich ausgezogen habe, liegt noch auf meinem Bett, aber ich habe keine Zeit sie anzuziehen. Stattdessen werfe ich mir einen Bademantel über und nehme eine Waffe aus der Schublade meines Nachttisches.

Danach atme ich tief durch und nähere mich mit ausgerichteter Waffe der Tür.

»Ja?«, rufe ich und bleibe einige Meter vor der Eingangstür stehen. Meine Tür ist verstärkt, aber das Schlüsselloch nicht. Jemand könnte es durchschießen.

»Ich bin es, Lucas Kent.« Diese tiefe Stimme, die Englisch spricht, erschreckt mich so sehr, dass die Hand mit der Waffe zuckt. Mein Puls beschleunigt sich noch ein wenig mehr.

Warum ist er hier? Weiß Esguerra irgendetwas? Hat mich jemand verraten? Diese Fragen schießen mir durch den Kopf, lassen mein Herz rasen, aber dann fällt mir der plausibelste Grund für seinen Besuch ein.

»Was wollen Sie?«, frage ich und bemühe mich, eine ruhige Stimme zu haben. Es gibt nur eine Erklärung für Kents Anwesenheit die nicht mit meinem Tod enden würde: Esguerra hat seine Meinung geändert. In diesem Fall muss ich mich wie die unschuldige Zivilistin verhalten, die ich vorgebe zu sein.

»Ich würde gerne mit Ihnen reden«, sagt Kent und ich höre in seiner Stimme einen Hauch von Belustigung. »Werden Sie die Tür öffnen oder werden wir uns weiterhin durch 7,5 cm dicken Stahl unterhalten?«

Scheiße. Das hört sich nicht so an, als hätte Esguerra ihn zu mir geschickt.

Ich wäge schnell meine Möglichkeiten ab. Ich kann in dem abgeschlossenen Apartment bleiben und er wird keinen Weg hinein finden — aber mich fassen können wenn ich hinausgehe, was ich irgendwann tun muss — oder ich kann das Risiko eingehen, dass er nicht weiß wer ich bin und es entspannt angehen lassen.

»Was möchten Sie?«, frage ich um Zeit zu schinden. Es ist eine vernünftige Frage. Jede Frau in meiner Situation wäre vorsichtig, nicht nur eine, die etwas zu verbergen hat.

»Dich«

Dieses eine Wort, ausgesprochen mit seiner tiefen Stimme, trifft mich wie ein Faustschlag. Meine Lungen hören auf zu arbeiten. Ich habe also nicht falsch gelegen, als ich mich gefragt hatte, ob er mich angreifen könnte — ob der Grund dafür, dass er mich andauernd angeschaut hat, so etwas Einfaches sein könnte, wie menschliche Biologie.

Ja, natürlich. Er will mich.

Ich zwinge mich dazu, wieder zu atmen. Das sollte eine Erleichterung sein. Das ist kein Grund zur Panik. Männer haben mich begehrt seit ich fünfzehn war und ich habe gelernt, damit umzugehen. Ihre Lust zu meinem Vorteil zu nutzen. Das hier ist nicht anders.

Außer, dass Kent härter und gefährlicher ist als die meisten.

Nein, ich bringe diese kleine Stimme zum Verstummen, atme tief durch und lasse meine Waffe sinken. Während ich das tue, erblicke ich mich selbst im Spiegel des Flurs. Meine blauen Augen in meinem blassen Gesicht sind weit aufgerissen, mein Haar ist nur grob nach oben gesteckt und nasse Strähnen fallen meinen Rücken hinunter. Mit dem Bademantel aus Frottee, den ich unordentlich umgebunden habe und der Waffe in meiner Hand, sehe ich überhaupt nicht wie die schicke junge Frau aus, die versucht hat, Kents Chef zu verführen.

Ich treffe eine Entscheidung und rufe ihm zu: »Gib mir eine Minute.« Ich könnte versuchen Lucas Kent den Zutritt zu meinem Apartment zu verweigern — das wäre nicht besonders verdächtig für eine Frau die alleine ist — aber es wäre cleverer diese Gelegenheit zu nutzen um mehr Informationen zu bekommen.

Zumindest kann ich versuchen herauszufinden, wann Esguerra abreisen wird und es Obenko mitteilen, um mein Versagen teilweise wieder gut zu machen.

Schnell verstecke ich die Waffe in der Schublade unter dem Flurspiegel und nehme die Spange aus meinem Haar, so dass die dicken blonden Strähnen über meinen Rücken fallen. Ich habe mich zwar schon abgeschminkt, aber das ist nicht schlimm, da ich reine Haut habe und von Natur aus braune Wimpern. Wenn überhaupt, sehe ich jetzt jünger und unschuldiger aus.

Eher wie „das Mädchen von nebenan", wie es die Amerikaner umschreiben.

Als ich mir sicher bin, dass ich mich so zeigen kann, gehe ich zur Tür und schließe sie auf, während ich gleichzeitig versuche, das starke, schnelle Klopfen meines Herzens zu ignorieren.

DRITTES KAPITEL

❖ YULIA ❖

Er betritt mein Apartment sobald sich die Tür öffnet. Er zögert nicht, er grüßt nicht — er tritt einfach ein.

Überrascht weiche ich zurück und der kurze, enge Flur fühlt sich plötzlich bedrückend klein an. Ich hatte ganz vergessen wie groß er ist, wie breit seine Schultern sind. Für eine Frau bin ich groß — groß genug um so zu tun als sei ich ein Model, falls es für einen Auftrag nötig ist — aber er überragt mich um einen Kopf. Mit der schweren Daunenjacke die er trägt, nimmt er fast den ganzen Flur ein.

Immer noch schweigend schließt er die Tür hinter sich und kommt auf mich zu. Instinktiv trete ich noch weiter zurück, da ich mich wie eine in die Ecke getriebene Beute fühle.

»Hallo Yulia«, murmelt er und hält an, als wir aus dem Flur treten. Sein blasser Blick ruht auf meinem Gesicht. »Ich habe nicht erwartet, dich so zu sehen.«

Ich schlucke und mein Puls rast. »Ich habe gerade gebadet.« Ich möchte ruhig und selbstsicher wirken, aber er hat mich völlig aus dem Konzept gebracht. »Ich habe keine Besucher erwartet.«

»Das kann ich sehen.« Ein leichtes Lächeln erscheint auf seinen Lippen und die harte Linie seines Mundes wird weicher. »Und trotzdem hast du mich hineingelassen. Warum?«

»Weil ich mich nicht weiter durch die Tür hindurch unterhalten wollte.« Ich atme beruhigend ein. »Kann ich dir einen Tee anbieten?« Es ist dumm das zu fragen wenn man bedenkt weshalb er hier ist, aber ich benötige noch einen Augenblick um mich zu fangen.

Er zieht seine Augenbrauen in die Höhe. »Tee? Nein, Danke.«

»Kann ich dir deine Jacke abnehmen?« Offensichtlich kann ich nicht damit aufhören die Gastgeberin zu spielen, da ich mit der Höflichkeit meine Angst überspiele. »Sie sieht ziemlich warm aus.«

Ein Hauch von Belustigung flackert in seinem eisigen Gesichtsausdruck auf. »Gerne.« Er zieht seine Daunenjacke aus und reicht sie mir. Er trägt einen schwarzen Pullover und eine dunkle Hose, die er in schwarze Winterstiefel gesteckt hat. Die Jeans sitzt eng an seinen muskulösen Oberschenkeln und kräftigen Waden, und an seinem Gürtel sehe ich eine Waffe in einem Holster.

Ungewollt atme ich bei seinem Anblick schneller und muss mich anstrengen, damit meine Hände nicht zittern während ich ihm die Jacke abnehme und sie in meinen winzigen Kleiderschrank hänge. Es ist keine Überraschung, dass er eine Waffe trägt — ich wäre entsetzt wenn das nicht der Fall wäre — aber die Waffe erinnert mich deutlich daran, wer Lucas Kent ist.

Was er ist.

Das ist keine große Sache, sage ich mir um meine angespannten Nerven zu beruhigen. Ich bin an gefährliche Männer gewöhnt. Ich wuchs unter ihnen auf. Dieser Mann ist nicht anders. Ich werde mit ihm schlafen, so viele Informationen herausholen wie ich kann und dann wird er aus meinem Leben verschwunden sein.

Genauso wird es sein. Je schneller ich es hinter mich bringe, desto eher wird das ganze vorbei sein.

Ich schließe die Schranktür, setze mein geübtes Lächeln auf und drehe mich herum um ihn anzuschauen, da ich endlich bereit bin, in die Rolle der selbstsicheren Verführerin zu schlüpfen.

Aber er befindet sich bereits neben mir, da er offensichtlich lautlos den Raum durchquert hat.

Mein Puls rast erneut und ich verliere meine neuerrungene Fassung. Er steht so dicht neben mir, dass ich die grauen Schlieren in seinen blassblauen

Augen erkennen kann, so nahe bei mir, dass er mich berühren könnte.

Und eine Sekunde später tut er es auch.

Er hebt seinen Arm, um mit seinem Handrücken über mein Kinn zu streichen.

Ich blicke ihn an und werde von der augenblicklichen Reaktion meines Körpers überrascht. Meine Haut erwärmt sich, meine Nippel werden hart und meine Atmung beschleunigt sich. Es ergibt keinen Sinn, dass mich dieser harte, rücksichtslose Fremde so sehr erregt. Sein Chef sieht besser aus, und trotzdem reagiert mein Körper auf Kent. Er hat nur mein Gesicht berührt. Das sollte mir nichts bedeuten, aber trotzdem geht es mir nahe.

Es geht mir nahe und verwirrt mich.

Ich schlucke erneut. »Herr Kent — Lucas — bist du sicher, dass ich dir nichts zu trinken anbieten kann? Vielleicht einen Kaffee oder —« Meine Worte enden damit, dass ich nach Luft schnappe als er nach dem Gürtel meines Bademantels greift und so selbstverständlich daran zieht, als würde er ein Paket auspacken.

»Nein.« Er sieht dabei zu, wie der Bademantel zu Boden gleitet und meinen nackten Körper freigibt. »Keinen Kaffee.«

Und dann berührt er mich wirklich, bedeckt meine Brust mit seiner großen, harten Handfläche. Seine Finger sind schwielig und rau. Und kalt, da er gerade von draußen kommt. Sein Daumen streicht über meinen harten Nippel und ich spüre tief in mir ein Ziehen, ein wachsendes Bedürfnis, das sich genauso fremd anfühlt wie seine Berührung.

Ich kämpfe gegen meinen Drang an, zurückzuweichen, und befeuchte meine trockenen Lippen. »Du bist sehr direkt.«

»Ich habe keine Zeit für Spielchen.« Seine Augen blitzen auf, als sein Daumen erneut über meinen Nippel streicht. »Wir wissen beide, warum ich hier bin.«

»Um Sex mit mir zu haben.«

»Ja.« Er gibt sich keine Mühe die Dinge zu beschönigen, mir etwas anderes als die brutale Wahrheit zu sagen. Er bedeckt meine Brust immer noch so mit seiner Hand, als hätte er das Recht dazu, mein nacktes Fleisch zu berühren. »Um Sex mit dir zu haben.«

»Und wenn ich nein sage?« Ich weiß nicht einmal, warum ich ihn das frage. So war das Ganze nicht geplant. Ich sollte ihn verführen und nicht versuchen, ihn vom Sex abzubringen. Trotzdem wehrt sich etwas in mir gegen seine selbstverständliche Annahme, dass er mich einfach so nehmen kann. Andere Männer sind auch davon ausgegangen und es hat mich nicht ansatzweise so sehr gestört. Ich weiß nicht, was dieses Mal anders ist, aber ich möchte, dass er zurücktritt und aufhört mich zu berühren. Ich möchte es so sehr, dass sich meine Hände an meinen Seiten zu Fäusten ballen und sich meine Muskeln anspannen, da ich den Drang verspüre, gegen ihn anzukämpfen.

»Sagst du nein?« Er fragt ruhig während seine Daumen über meine Brustwarze kreist. Als ich nach einer Antwort suche, fährt er mit seiner anderen Hand in mein Haar und umfasst besitzergreifend meinen Hinterkopf.

Ich blicke ihn an und atme stockend. »Und wenn ich es tun würde?« Zu meinem Missfallen klingt meine Stimme dünn und verängstigt. Es ist, als sei ich wieder eine Jungfrau, die von ihrem Trainer in der Umkleidekabine in die Ecke getrieben wird. »Würdest du gehen?«

Einer seiner Mundwinkel verzieht sich zu einem halben Lächeln. »Was denkst du?« Seine Finger verstärken ihren Griff in meinem Haar und ziehen genau so fest, dass ich einen Hauch von Schmerzen verspüre. Seine andere Hand, die auf meiner Brust liegt, ist immer noch zärtlich, aber das bedeutet nichts.

Ich weiß meine Antwort bereits.

Als seine Hand meine Brust verlässt und meinen Bauch hinunterfährt, wehre ich mich nicht. Stattdessen öffne ich meine Beine und lasse ihn meine glatte, frischgewachste Muschi berühren. Als sein harter, direkter Finger in mich stößt, versuche ich nicht, mich wegzubewegen. Ich stehe einfach nur da und versuche meine abgehackte Atmung zu kontrollieren, versuche mich davon zu überzeugen, dass sich dieser Auftrag nicht von den anderen unterscheidet.

Aber er tut es.

Ich möchte nicht, dass es so ist, aber genau das ist der Fall.

»Du bist feucht«, murmelt er und betrachtet mich, während er seinen Finger tiefer hineinschiebt. »Sehr feucht. Wirst du immer so feucht bei Männern, die du nicht begehrst?«

»Warum denkst du, dass ich dich nicht begehre?« Zu meiner Erleichterung ist meine Stimme diesmal fester. Meine nächste Frage hört sich sanft an, fast amüsiert, während ich seinen Blick erwidere. »Ich habe dich hineingelassen, oder etwa nicht?«

»Du hast dich ihm angeboten.« Kents Kiefer spannt sich an und seine Hand auf meinem Hinterkopf bewegt sich, greift nach einem Büschel meiner Haare. »Vor einigen Stunden hast du ihn gewollt.«

»Das habe ich.« Diese Darstellung typisch männlicher Eifersucht macht mich sicherer, da ich mich durch sie auf vertrauterem Terrain befinde. Meine Stimme wird noch sanfter, noch verführerischer. »Und jetzt möchte ich dich. Stört dich das?«

Kents Augen verengen sich. »Nein.« Er zwängt einen zweiten Finger in mich und drückt gleichzeitig seinen Daumen auf meine Klitoris. »Überhaupt nicht.«

Ich will etwas Intelligentes sagen, eine knackige Antwort geben, aber ich kann nicht. Die Lust überkommt mich durchdringend und überraschend. Meine inneren Muskeln ziehen sich zusammen, umschlingen seine rauen, eindringenden Finger und ich kann nichts Anderes tun, als wegen der Gefühle die mich überkommen laut aufzustöhnen. Ungewollt hebe ich meine Hände an und greife nach seinem Unterarm. Ich weiß nicht, ob ich versuche ihn wegzudrücken oder möchte, dass er weitermacht, aber das ist auch unwichtig. Der Arm unter der weichen Wolle seines Pullovers ist voller stahlharter Muskeln. Ich kann seine Bewegungen nicht kontrollieren — alles was ich tun kann, ist, mich an ihm festzuhalten während er mit diesen harten, gnadenlosen Fingern immer tiefer in mich eindringt.

»Das gefällt dir, nicht wahr?«, murmelt er, schaut mir in die Augen und ich ziehe scharf Luft ein als er beginnt, mit seinem Daumen über meine Klitoris zu streichen, von links nach rechts, von oben nach unten. Er krümmt seine Finger in mir und ich unterdrücke ein Stöhnen, als er einen Punkt berührt der eine noch schärfere Lustwelle durch meine Nervenbahnen jagt. Eine Spannung beginnt sich in mir aufzubauen, die Lust wird stärker und intensiver, und mit Entsetzen wird mir klar, dass ich kurz vor einem Orgasmus stehe.

Mein Körper, der normalerweise sehr langsam reagiert, pocht mit schmerzhafter Begierde nach der Berührung eines Mannes, der mir Angst macht — eine Entwicklung, die mich erstaunt und mich verunsichert.

Ich weiß nicht, ob er das von meinem Gesicht ablesen kann oder ob er die Anspannung in meinem Körper spürt, aber seine Pupillen weiten sich und seine blassen Augen werden dunkel. »Ja, genau so.« Seine Stimme ist ein leises, tiefes Grollen. »Komm für mich, meine Schöne« — sein Daumen drückt fest auf meine Klitoris — »jetzt.«

Und ich komme. Mit einem unterdrückten Stöhnen ziehe ich mich um seine Finger zusammen und die harten Kanten seiner kurzen, stumpfen Fingernägel bohren sich in mein kontaktierendes Fleisch. Mein Blick verschwimmt, meine Haut prickelt heiß als ich auf einer Welle aus Gefühlen reite, bevor ich zusammensacke und nur von seiner Hand in meinen Haaren und seinen Fingern in meinem Körper gehalten werde.

»Na bitte«, sagt er belegt und als ich meine Umwelt wieder wahrnehmen kann, sehe ich, dass er mich eindringlich betrachtet. »Das war doch nett, oder nicht?«

Ich kann nicht einmal nicken, aber er scheint meine Bestätigung auch nicht zu benötigen. Und warum auch? Ich kann die Feuchtigkeit in mir fühlen, die Nässe, die diese rauen männlichen Finger bedeckt — Finger, die sich langsam aus mir zurückziehen, während er die ganze Zeit mein Gesicht anschaut. Ich will meine Augen schließen oder mich wenigstens von seinem stechenden Blick abwenden, aber ich kann nicht.

Nicht, ohne dass er bemerken würde, wie viel Angst er mir macht.

Anstatt meinem eigentlichen Bedürfnis nachzugeben, betrachte ich ihn ebenfalls und sehe Zeichen von Erregung auf seinen starken Gesichtszügen. Sein Kiefer ist angespannt, während er mich anblickt und ein kleiner Muskel neben seinem rechten Ohr pulsiert. Selbst durch den sonnengebräunten Teint seiner Haut kann ich die rötlichere Farbe auf seinen flügelartigen Wangenknochen erkennen.

Er will mich unbedingt — und dieses Wissen gibt mir den Mut zu handeln.

Ich fasse nach unten und bedecke die harte Ausbeulung im Schritt seiner Jeans mit meiner Hand. »Es war nett«, flüstere ich und sehe zu ihm hoch. »Und jetzt bist du dran.«

Seine Pupillen werden noch größer und seine Brust weitet sich durch ein tiefes Einatmen. »Ja.« Seine Stimme ist voller Begehren, als er seine Hand in meinem Haar dazu benutzt, mich näher an ihn heranzuziehen. »Ja, ich denke das bin ich.« Und bevor ich darüber nachdenken kann, ob es clever war ihn so unverhohlen zu provozieren, beugt er seinen Kopf hinunter und nimmt meinen Mund mit seinem in Besitz.

Ich schnappe nach Luft, meine Lippen öffnen sich überrascht und er nutzt diese Tatsache sofort aus, um den Kuss zu vertiefen. Sein Mund, der so hart aussieht, fühlt sich erstaunlich weich an, seine Lippen sind warm und glatt als seine Zunge hungrig meinen Mund erforscht. In diesem Kuss verbinden sich Können mit Selbstsicherheit; es ist der Kuss eines Mannes der weiß, wie er einer Frau Lust verschaffen kann, wie er sie mit nichts weiter als der Berührung seiner Lippen verführen kann.

Die Hitze, die in mir glüht, verstärkt sich und die Anspannung in mir nimmt zu. Er hält mich so nahe bei sich, dass meine nackten Brüste gegen seinen Pullover drücken und die Wolle gegen meine aufgestellten Nippel reibt. Ich kann seine Erektion durch das raue Material seiner Jeans spüren. Sie drückt sich in meinen Unterbauch und lässt mich erkennen, wie sehr er mich will, wie schwach seine vorgespielte Kontrolle in Wirklichkeit ist. Ich bekomme kaum mit, dass der Bademantel von meiner Schulter geglitten ist und ich jetzt komplett nackt bin, aber ich vergesse die Tatsache sofort wieder, als in seiner Kehle ein knurrendes Geräusch ertönt und er mich gegen die Wand stößt.

Der Schreck über die kalte Oberfläche an meinem Rücken lässt mich einen Moment lang zu klarem Verstand kommen, aber er öffnet bereits den Reißverschluss seiner Jeans, seine Knie zwängen sich zwischen meine Beine, spreizen sie und er hebt seinen Kopf um mich anzublicken. Ich höre das Geräusch einer Folie die geöffnet wird und dann nimmt er meine Pobacken in seine Hände und hebt mich hoch. Mit rasendem Herzen halte ich mich instinktiv an seinen Schultern fest, als er mir rau befielt: »Schlinge deine Beine um mich« — und mich auf seinen steifen

Schwanz hinabsinken lässt, ohne auch nur einen Moment lang seinen Blick von mir abzuwenden.

Sein Stoß ist hart und tief, da er komplett in mich eindringt. Mein Atem stockt wegen der Gewalt dieses Eindringens, seiner kompromisslosen Brutalität. Meine inneren Muskeln ziehen sich um ihn zusammen und versuchen erfolglos, ihn nicht hineinzulassen. Sein Schwanz ist so groß wie sein restlicher Körper, so lang und dick dass er mich bis zu einem Punkt ausdehnt, der schmerzhaft ist. Wäre ich nicht so feucht, hätte er mich zerrissen. Aber ich bin nass und nach einigen Augenblicken gibt mein Körper nach und gewöhnt sich an seine Dicke. Unbewusst hebe ich meine Beine an und umschlinge seine Hüfte, genauso wie er es befohlen hat. Diese neue Stellung lässt ihn noch tiefer in mich hineingleiten und ich schreie wegen der überwältigenden Sensation auf.

Jetzt beginnt er sich zu bewegen und seine Augen funkeln, als er mich betrachtet. Jeder Stoß ist genauso hart wie derjenige, der uns vereinigt hat, aber mein Körper versucht nicht länger, sich dagegen zu wehren. Stattdessen gibt er mehr Feuchtigkeit ab, um seinen Weg zu erleichtern. Jedes Mal wenn er in mich stößt, drückt seine Lende gegen mein Geschlecht, presst sich auf meine Klitoris, und die Anspannung tief in mir ist wieder da, wächst mit jeder Sekunde die vergeht. Fassungslos wird mir klar, dass ich mich meinem zweiten Orgasmus nähere … und dann ist er auch schon da. Die Anspannung erreicht ihren Höhepunkt und ich explodiere so stark, dass ich nicht mehr denken kann, sondern nur noch meine geladenen Nervenbahnen spüre.

Ich fühle mein eigenes Pulsieren, spüre, wie sich meine Muskeln immer wieder abwechselnd um seinen Schwanz zusammenziehen und ihn freigeben. Ich bemerke, dass sein Blick abschweift und er gleichzeitig aufhört zuzustoßen. Ein raues, tiefes Stöhnen entweicht seiner Kehle als er sich in mir reibt und ich weiß, dass er ebenfalls gekommen ist, ihn mein Orgasmus mitgerissen hat.

Meine Brust hebt und senkt sich schwer während ich zu ihm hochblicke um dabei zuzusehen, wie sich seine blassblauen Augen wieder auf mich richten. Er ist immer noch in mir und plötzlich kann ich diese Intimität nicht mehr ertragen. Er ist niemand für mich, ein Fremder, und trotzdem hat er mich gefickt.

Er hat mich gefickt und ich habe es zugelassen, weil es mein Job ist.

Ich schlucke, drücke gegen seine Brust und meine Beine geben seine Hüfte frei. »Bitte, lass mich runter.« Ich weiß, ich sollte ihn umschmeicheln und sein Ego polieren. Ich sollte ihm sagen wie unglaublich es war, und dass er mir mehr Lust bereitet hat als jemals ein anderer Mann zuvor. Das wäre nicht einmal gelogen — ich bin noch nie zweimal hintereinander gekommen. Aber ich kann das nicht tun. Ich fühle mich zu verwundet, zu überfallen.

Bei diesem Mann verliere ich die Kontrolle und dieses Wissen macht mir Angst.

Ich weiß nicht, ob er das spüren kann oder ob er einfach nur mit mir spielen will, aber ein ironisches Lächeln erscheint auf seinen Lippen.

»Es ist zu spät um es zu bereuen, meine Schöne«, murmelt er und bevor ich etwas erwidern kann, setzt er mich ab und nimmt seine Hände von meinem Po. Sein erschlaffendes Geschlecht gleitet aus meinen Körper als er zurücktritt und ich sehe ihm ungleichmäßig atmend dabei zu, wie er beiläufig das Kondom abnimmt und es auf den Boden fallen lässt.

Aus irgendeinem Grund erröte ich deshalb. Etwas an diesem Kondom, das hier liegt, ist falsch und schmutzig. Vielleicht ist der Grund dafür, dass ich mich wie dieses Kondom fühle: benutzt und weggeworfen. Ich sehe meinen Bademantel auf dem Boden und bewege mich um ihn aufzuheben, aber Lucas Hand auf meinem Arm hält mich davon ab.

»Was tust du?«, fragt er und blickt mich dabei an. Es scheint ihn überhaupt nicht zu stören, dass seine Jeans immer noch einen geöffneten Reißverschluss haben und sein Schwanz heraushängt. »Wir sind noch nicht fertig.«

Mein Herz setzt einen Schlag aus. »Sind wir nicht?«

»Nein«, sagt er und tritt näher an mich heran. Entsetzt bemerke ich, dass er sich schon wieder aufrichtet, da er meinen Bauch berührt. »Wir sind noch lange nicht fertig.«

Und damit führt er mich an meinem Arm zum Bett.

VIERTES KAPITEL

❖ YULIA ❖

Meine Gedanken sind ein einziges Durcheinander als ich mich auf die Bettkante setze und Lucas dabei zusehe, wie er sich auszieht.

Zuerst zieht er seinen Pullover aus, unter dem ein enges T-Shirt zum Vorschein kommt das über seiner muskulösen Brust spannt. Als nächstes folgen seine Schuhe, danach schiebt er seine Hose und seine schwarzen Boxershorts nach unten. Seine Beine sind so kräftig wie sie mit Bekleidung gewirkt hatten, muskulös und braungebrannt wie sein Gesicht. Sein Schwanz ist schon wieder hart und ragt aus einem Büschel braun-blondem Haar heraus während er sich sein T-Shirt auszieht, das klar definierte Bauchmuskeln und eine gemeißelte Brust freilegt.

Lucas Kent hat den Körper eines Sportlers, wunderschön durch seine kompromisslose Stärke.

Als ich ihn betrachte bemerke ich meinen starken Drang ihn zu berühren. Nicht um ihm zu gefallen oder weil das von mir erwartet wird, sondern weil ich es möchte. Ich möchte wissen, wie sich seine Muskeln unter meinen Fingerspitzen anfühlen, ob seine gebräunte Haut weich oder rau ist. Ich möchte seinen Nacken mit meiner Zunge entlangfahren, dann weiter zu seiner Vertiefung über seinem Schlüsselbein und herausfinden, wie diese warm aussehende Haut schmeckt.

Es ergibt keinen Sinn, aber ich will ihn. Ich will ihn, auch wenn ich von dem rauen Sex ganz wund bin, auch wenn das hier ein Auftrag und nichts Weiter sein sollte.

Er tritt aus seiner Jeans und seinen Shorts und schiebt sie mit dem Fuß zur Seite, bevor er zu mir kommt. Ich bewege mich nicht als er sich nähert. Ich atme kaum. Als er sich neben mir befindet, bleibt er stehen und kniet sich hin. »Lege dich hin«, murmelt er, ergreift meine Knöchel und bevor ich die Möglichkeit habe zu verstehen was er tut, zieht er mich zu sich bis mein Po halb von der Matratze hängt.

»Was tust —«, beginne ich zu fragen aber er ignoriert mich und benutzt eine seiner starken Hände um mich auf die Matratze zu drücken. Ich falle mit hämmerndem Herzen auf meinen Rücken und dann spüre ich ihn.

Seinen warmen Atem auf meinem Geschlecht als er meine Schenkel auseinanderbiegt.

Ich atme schneller und Hitze wallt durch meinen Körper als er mit weichen und zärtlichen Lippen einen Kuss auf meine geschlossenen Falten haucht. Er übt kaum Druck auf meine Klitoris aus, aber ich bin so empfindlich von meinen beiden Orgasmen, dass sogar diese leichte Berührung meine Nerven fast überreizt. Ich schnappe nach Luft, biege mich ihm entgegen und er lacht leise auf — ein tiefes, maskulines Geräusch das mein Fleisch durchdringt und den wachsenden sehnsüchtigen Schmerz in mir verstärkt.

»Lucas, warte.« Meine Stimme ist atemlos, panikerfüllt wegen des Begehrens das er in mir auslöst. Die Decke verschwimmt vor meinen Augen. »Warte, nicht —«

Er ignoriert mich weiterhin, und als er beginnt mich mit seiner Zunge zu ficken, vergesse ich, was ich sagen wollte. Ich vergesse alles. Meine Augen schließen sich und die Welt um mich herum verschwindet. Das Einzige was bleibt ist Dunkelheit und das Gefühl seiner Zunge die in meine feuchte Muschi hinein- und hinausgleitet. Das Feuer in mir brennt heiß, mein Fleisch ist so geschwollen und empfindlich, dass seine Zunge sich genauso groß anfühlt wie sein Schwanz. Nur dass sie weicher und dehnbarer ist — und er sie weiter nach oben bewegt um meine Klitoris zu umkreisen, was sich anfühlt als würde ein Faden immer weiter aufgespult werden.

»Lucas, bitte …« Diese Worte hören sich an wie ein flehendes Stöhnen. Ich weiß nicht, um was genau ich bitte, aber er scheint es zu wissen … denn er umschließt meine pulsierende Klitoris mit seinen Lippen und saugt an ihr. Sanft, zärtlich, nur mit seinen Lippen, während seine Zunge ihre Unterseite streichelt. Und das ist genug. Mehr als genug. Meine Zehen krümmen sich, ich biege mich ihm entgegen und die Anspannung verwandelt sich in einen pulsierenden Punkt — bis ich mit einem unterdrückten Aufschrei komme und der Orgasmus mich mit einer betäubenden Stärke durchfährt. Jede Zelle meines Körpers ist mit der pulsierenden Lust der Entladung erfüllt und mein Herz zerspringt fast in meiner Brust.

Bevor ich mich erholen kann, dreht er mich auf meinen Bauch und beugt mich über die Bettkante. Ich höre, wie ein weiteres Päckchen aus Folie geöffnet wird und eine Sekunde später dringt er in mich ein, sein dicker Schwanz spießt mich auf, dehnt mich weiter aus. Ich schnappe nach Luft und meine Fäuste krallen sich in das Laken als er mich hart in einem schnellen Rhythmus nimmt, so hart in mich stößt, dass es schmerzen sollte — aber mein Körper nimmt das nicht mehr wahr. Das Einzige was ich spüre ist Verlangen. Ich werde davon überflutet, bin berauscht von den Gefühlen die er aus meinem Fleisch wringt. Während er in mich stößt wird mein Geschlecht gegen die

Matratze gepresst, ein rhythmischer Druck gegen meine Klitoris ausgeübt, und seinen Namen schreiend explodiere ich erneut. Aber er hört nicht auf.

Er fickt mich einfach weiter und seine Finger graben sich in meine Hüften während er immer wieder in mich eindringt.

* * *

Als ich aufwache, sind unsere Körper miteinander verschlungen, durch den klebrigen Schweiß miteinander verbunden. Ich erinnere mich nicht daran in seiner Umarmung eingeschlafen zu sein, aber es muss trotzdem passiert sein, da ich mich jetzt in ihr befinde, und von seinem kräftigen Körper umhüllt werde.

Es ist dunkel und er schläft. Ich kann seine gleichmäßige Atmung hören, und das Heben und Senken seiner Brust spüren, da mein Kopf auf seiner Schulter liegt. Mein Mund ist trocken und meine Blase ist voll, also versuche ich mich vorsichtig unter seinem schweren Arm herauszuwinden — der sich sofort fester um mich legt.

»Wohin willst du gehen?« Lucas' Stimme ist heiser, ganz rau vom Schlaf.

»Zum Badezimmer«, erkläre ich ihm vorsichtig. »Ich habe eine volle Blase.«

Er hebt seinen Arm an und sein Bein gibt meine Waden frei. »In Ordnung. Geh.«

Ich rücke von ihm ab und zucke wegen des wunden Gefühls tief in mir zusammen. Ich weiß nicht, wie lange er mich jenes zweite Mal gefickt hat, aber es könnte problemlos eine Stunde oder länger gewesen sein. Ich habe den Überblick darüber verloren wie oft ich gekommen bin, die Orgasmen verschmolzen zu einer unendlichen Welle von Höhepunkten und Tälern.

Meine Beine zittern als ich aufstehe, meine Oberschenkelinnenseiten schmerzen davon, dass sie so weit auseinander gespreizt wurden. Nachdem er mich von hinten genommen hatte, drehte er mich herum, ergriff meine Knöchel und hielt meine Beine geöffnet, während er in mich eindrang, so tief zustieß dass ich ihn angebettelt habe aufzuhören — was er natürlich nicht tat. Er hat seine Hüften bewegt und den Winkel seiner Stöße geändert um diesen empfindlichen Punkt in mir zu treffen, und ich habe den ganzen Schmerz vergessen, mich in der überwältigenden Lust seiner Inbesitznahme verloren.

Ich atme tief ein und zwinge mich dazu, in die Gegenwart zurückzukommen, da meine Blase mich an ein weiteres dringendes Bedürfnis erinnert. Unsicher gehe ich zum Badezimmer und aufs Klo. Danach wasche ich meine Hände, putze meine Zähne und spritze mir kaltes Wasser in mein Gesicht um mein Gleichgewicht wiederzuerlangen.

Alles ist gut, sage ich mir, als ich auf mein blasses Gesicht im Spiegel schaue. Alles läuft nach Plan.

Großartiger Sex ist ein Bonus. Also was ist das Problem daran, dass ich auf einen rücksichtslosen Fremden auf diese Art und Weise reagiere? Das hat nichts zu bedeuten. Es ist einfach Sex, ein bedeutungsloser körperlicher Akt.

Aber mit ihm ist er nicht bedeutungslos.

Nein. Ich schließe meine Augen und zwinge diese Stimme zu verschwinden bevor ich mehr Wasser in mein Gesicht spritze und meine Zweifel wegwasche. Ich habe einen Job zu erledigen und es ist nicht falsch, diese Nacht als ein Extra dieses Jobs zu betrachten.

Es ist nicht falsch, dass ich es zulasse Lust zu spüren — solange ich ihm keine Bedeutung zumesse.

Als ich mich ein wenig mehr wie ich selbst fühle, gehe ich zum Bett zurück, in dem Lucas auf mich wartet. Sobald ich mich hingelegt habe, zieht er mich wieder an sich heran, umgibt meinen Rücken mit seinem Körper und legt eine Decke über uns. Ich seufze wohlig als die Wärme mich umhüllt. Dieser Mann ist wie ein Ofen, er strahlt so viel Hitze aus, dass mir sofort warm ist und ich die ständige Kälte in meinem Apartment vergesse.

»Wann reist du ab?«, frage ich leise als er es mir noch bequemer macht, indem er meinen Kopf auf seinen ausgestreckten Arm legt und seinen anderen Arm über meine Hüfte schlingt. Das ist es, was ich von ihm wissen muss, was ich Obenko für mein Versagen schuldig bin - aber trotzdem zieht sich etwas in meiner

Brust zusammen während ich auf Lucas' Antwort warte.

Dieser Gefühlsausbruch kann kein Bedauern darüber sein, dass er bald abreist.

Das würde keinen Sinn ergeben.

Lucas knabbert an meinem Ohr. »Am Morgen«, flüstert er und seine Zähne fahren mein Ohrläppchen entlang. Sein Atem lässt einen warmen Schauer durch mich fahren. »In einigen Stunden muss ich von hier verschwunden sein.«

»Oh.« Ich ignoriere diesen irrationalen Anflug von Traurigkeit und führe in meinem Kopf eine kurze Berechnung durch. Der Uhr auf meinem Nachttisch nach zu urteilen, ist es kurz nach ein Uhr morgens. Wenn er mein Apartment so gegen sechs verlassen muss, muss ihr Flugzeug um acht oder neun starten.

Obenko hat nicht viel Zeit, das zu planen, was er mit Esguerra vorhat.

»Kannst du nicht länger bleiben?« Ich drehe meinen Kopf, um mit meinen Lippen an Lucas' ausgestrecktem Arm entlangzufahren. Das ist die Art von Frage, die eine Frau stellen könnte, die Gefühle für einen Mann hat, und deshalb habe ich keine Angst, ihn dadurch misstrauisch zu machen.

Er lacht leise. »Nein, meine Schöne, das kann ich nicht. Und du solltet froh darüber sein« — sein Arm der auf mir liegt bewegt sich und seine Hand gleitet hinunter um mein Geschlecht zu bedecken— »wenn du so wund bist wie du gesagt hast.«

Ich schlucke als ich mich daran erinnere, dass ich gegen Ende des Marathon-Sexes um Gnade gebettelt habe, da ich von dem vielen Ficken innerlich ganz wund war. Unglaublicherweise werde ich durch die Erinnerung daran erneut erregt — und dadurch, dass mich eine große, starke Hand zwischen meinen Beinen berührt.

»Ich bin wund«, flüstere ich und hoffe gleichzeitig, dass er aufhört und dass er es nicht tut.

Zu meiner Erleichterung und Enttäuschung bewegt er seine Hand zurück zu meinen Hüften, obwohl ich spüre dass sich sein Schwanz an meinem Hintern verhärtet. Dieser Mann ist eine Sexmaschine mit unersättlicher Lust. Laut der Akte die ich über ihn bekommen hatte, ist er vierunddreißig Jahre alt. Die meisten Männer die ihre Teenagerjahre hinter sich gebracht haben wollen nicht dreimal Sex in einer Nacht haben. Einmal, vielleicht zweimal. Aber dreimal? Sein Schwanz sollte sich nicht schon durch eine solche Kleinigkeit verhärten.

Ich frage mich, wie lange es her ist, dass Lucas Kent das letzte Mal mit einer Frau zusammen war.

»Wirst du bald wiederkommen?«, frage ich und lasse meine Überlegungen fallen. Es ist lächerlich, aber bei dem Gedanken daran, dass er mit anderen Frauen Sex hat — ihnen eine solche Lust bereitet wie mir — zieht sich mein Brustkorb unangenehm zusammen.

»Ich weiß es nicht«, sagt er und dreht sich, um seine halbe Erektion angenehmer an meinen Po zu schmiegen. »Eines Tages vielleicht.«

»Ich verstehe.« Ich starre in die Dunkelheit und kämpfe gegen den Teil von mir an, der wie ein Kind heulen möchte, dem sein Lieblingsspielzeug weggenommen wird. Das ist nicht echt, nichts davon ist echt. Selbst wenn ich wirklich eine Übersetzerin wäre, wüsste ich, dass es sich hierbei um nichts weiter als einen One-Night-Stand handelt. Aber ich bin nicht das unbesorgte, leichte Mädchen das ich zu sein vorgebe. Ich habe nicht aus Spaß Sex mit ihm gehabt; ich habe es getan, um Informationen zu bekommen — und jetzt, da ich sie habe, muss ich sie sofort Obenko zukommen lassen.

Als Lucas gleichmäßig atmet und ich weiß, dass er schläft, greife ich vorsichtig nach meinem Telefon. Es liegt auf dem Nachttisch weniger als einen Meter von mir entfernt und ich schaffe es, es in meine Hand zu nehmen ohne Lucas zu wecken, der mich immer noch an sich drückt. Ich ignoriere den wachsenden Schmerz in meiner Brust und schreibe eine Nachricht an Obenko, um ihn wissen zu lassen, dass Kent bei mir ist und um welche Zeit sie planen, abzureisen.

Wenn mein Chef vorhat, einen Anschlag auf Esguerra zu verüben, ist jetzt ein guter Zeitpunkt, da zumindest einer seiner Sicherheitsmänner gerade nicht bei ihm ist.

Sobald die Textnachricht gesendet ist, lösche ich sie von meinem Telefon und lege das Gerät wieder auf meinen Nachttisch. Danach schließe ich meine Augen und zwinge mich dazu, mich an Lucas' hartem Körper zu entspannen.

Mein Auftrag ist, was auch immer geschieht, erledigt.

FÜNFTES KAPITEL

❖ LUCAS ❖

Ich werde von dem ungewohnten Gefühl eines schlanken Körpers in meinem Arm und dem Duft von Pfirsich in meiner Nase geweckt. Ich öffne meine Augen und sehe zerzauste, lange, blonde Haare auf dem Kissen vor mir, sowie eine schlanke, blasse Schulter die unter der Decke hervorschaut.

Einen Augenblick lang überrascht mich dieser Anblick, aber dann erinnere ich mich.

Ich bin bei Yulia Tzakova, der Übersetzerin, die die Russen für das gestrige Treffen angeheuert hatten.

Erinnerungen an letzte Nacht schießen in meinen Kopf und bringen mein Blut zum Kochen.

Verdammt war das heiß. Mehr als heiß. Glühend heiß.

Alles an ihr war perfekt gewesen, der Sex so intensiv dass ich nur beim Gedanken daran hart werde. Ich weiß nicht, was ich erwartet hatte als ich an ihrer Tür aufgetaucht bin, aber bestimmt nicht das, was letzte Nacht passiert ist.

Ich hatte sie das ganze Treffen über beobachtet, die Art und Weise genossen, wie sie so mühelos mit ihrer weichen und akzentfreien Stimme übersetzt hat. Es war keine Überraschung, dass sie meine Aufmerksamkeit auf sich gezogen hat. Ich habe schon immer auf große, langbeinige Blondinen gestanden und Yulia Tzakova ist so schön wie sie nur sein können, mit hellen blauen Augen und einem feingliedrigen Knochenbau. Sie hat während des Essens kaum etwas zu sich genommen, nur an einigen Appetithäppchen geknabbert, aber sie hat Tee getrunken und ich habe bemerkt wie ich ihre rosafarbenen, glänzenden Lippen angestarrt habe, als sie den Rand der Tasse aus Porzellan berührten … ihren Kehlkopf, wie er sich beim Schlucken bewegt hat. Ich wollte diese Lippen um den Ansatz meines Schwanzes spüren und die Bewegung ihres Kehlkopfs beim Schlucken meines Spermas sehen. Ich wollte ihr ihre elegante Kleidung ausziehen und sie über den Tisch biegen, dieses lange, seidige Haar in meine Faust nehmen während ich in sie stoße und sie ficke bis sie schreit und kommt.

Ich wollte sie — und sie schien nur Augen für Esguerra zu haben.

Selbst jetzt hinterlässt das Wissen, dass sie es auf meinen Chef abgesehen hatte, einen bitteren Nachgeschmack in meinem Mund. Es sollte mir egal sein. Frauen haben sich schon immer von Esguerra angezogen gefühlt und es hat mir nie etwas ausgemacht. Es belustigt mich sogar, wie die Frauen sich ihm an den Hals werfen, obwohl sie vermuten wie er in Wirklichkeit ist. Selbst seine frischgebackene Ehefrau — ein hübsches, zierliches, amerikanisches Mädchen, das er vor zwei Jahren entführt hat — scheint ihm verfallen zu sein. Es war nur logisch, dass Yulia es bei ihm versuchen würde — oder zumindest habe ich mir das gesagt, als ich sie dabei beobachtet habe, wie sie Esguerra das ganze Treffen über gemustert hat.

Falls sie ihn gewollt hätte, wäre das für mich in Ordnung gewesen.

Aber er wollte sie nicht. Diese letzte Tatsache hat mich überrascht, auch wenn ich ihn eigentlich in den letzten zwei Jahren nicht mit anderen Frauen gesehen habe. Er ist einfach immer zu seiner privaten Insel geflogen. Ich habe erst vor einigen Monaten erfahren, dass er dort dieses amerikanische Mädchen festgehalten hat, das er jetzt auch geheiratet hat. Dieses Mädchen — Nora — muss seine Bedürfnisse vollständig befriedigen. Muss sie sogar außergewöhnlich gut befriedigen, wenn Esguerra nicht einmal einen Blick für Yulia übrig hatte.

Ich war auch versucht, die Übersetzerin zu vergessen — bis er mir angeordnet hat sie zu durchsuchen. Sie hat zitternd in ihrem eleganten Mantel dagestanden und ich hatte die Möglichkeit sie zu spüren, meine Hände über ihren Körper gleiten zu lassen, um sie nach Waffen abzutasten. Sie trug keine, aber ihre Atmung hat sich verändert, als ich sie berührte. Sie hat mich weder angesehen, noch hat sie sich bewegt, aber ich habe gemerkt, dass sie einen Moment lang ihre Luft angehalten hat und gesehen, dass ihre Wangen einen Hauch von Farbe bekamen. Bis dahin war ich davon ausgegangen, dass sie mich überhaupt nicht als Mann wahrgenommen hat, aber in diesem Moment habe ich verstanden, dass sie das durchaus hatte — und dass sie aus irgendeinem Grund gegen diese Anziehung ankämpfte. Als Esguerra ihre Einladung ablehnte, habe ich deshalb die spontane Entscheidung getroffen, sie mir zu nehmen.

Nur für eine Nacht, nur um die Begierde zu stillen.

Es war nicht schwierig ihre Adresse herauszubekommen — dafür genügte ein Anruf bei Buschekov — und dann bin ich vor ihrer Tür aufgetaucht und habe erwartet, die gleiche schicke, selbstsichere junge Frau vorzufinden, die mit meinem Chef geflirtet hat.

Aber ich wurde nicht von dieser Person empfangen.

Ich traf auf ein Mädchen, das so aussah als sei es gerade Anfang zwanzig mit einem wunderschönen völlig ungeschminkten Gesicht und einem schlanken Körper der in einen definitiv nicht eleganten Bademantel gehüllt war. Yulia hat mich eintreten lassen nachdem ich ihr deutlich gesagt hatte, was ich wollte, aber der Ausdruck ihrer großen blauen Augen war der eines gejagten Kaninchens. Eine Minute lang hatte ich meine Zweifel daran, dass sie mich überhaupt bei sich haben wollte; sie wirkte so nervös wie dieses Kaninchen wenn es auf den Fuchs trifft. Ihre Angst war so offensichtlich, dass ich mich fragte, ob es ein Fehler gewesen war zu ihr zu gehen, ob ich entweder ihre Erfahrungen überschätzt hatte, oder ihr Interesse an mir.

Nur eine Berührung, habe ich mir gesagt als sie mir meinen Mantel abgenommen hat. Nur eine Berührung, und sollte sie mich nicht wollen, würde ich gehen. In meinem ganzen Leben habe ich niemals eine Frau gezwungen und ich hatte auch nicht vor, bei diesem Mädchen damit anzufangen — einem Mädchen, das trotz ihrer korrupten Beziehungen zum Kreml so eigenartig unschuldig zu sein schien.

Einem Mädchen, das ich mit jeder Sekunde mehr wollte.

Ich hatte mir gesagt, dass ich nach einer Berührung aufhören würde, aber sobald ich sie berührte, wusste ich, dass das eine Lüge gewesen war. Ihre helle Haut war so weich wie die eines Babys, die Knochen ihres

Kiefers so zart, dass sie fast zerbrechlich waren. Meine Hand wirkte im Vergleich zu ihrer blassen Perfektion so braun und grob, meine Handfläche so groß, als ob ich ihr Gesicht mit einem harten Griff meiner Finger zerquetschen könnte.

Sie hat sich bei meiner Berührung versteift und ich konnte deutlich den Puls an ihrem Hals schlagen sehen. Als ich sie abgetastet habe, hat sie so teuer gerochen wie ein schickes Parfum, aber das war nicht länger der Fall. Jetzt stand sie mit erröteten Wangen vor mir und roch nach Pfirsich und Unschuld. Natürlich wusste ich rational, dass es die Seife in ihrem Badewasser gewesen sein muss, aber ich hatte trotzdem einen wässrigen Mund weil ich sie lecken, dieses saubere, nach Frucht riechende Fleisch schmecken wollte.

Sehen wollte, was sie unter dem großen, unerotischen Bademantel versteckte.

Sie hat von etwas zu trinken geredet, vielleicht ging es um Kaffee, aber ich habe ihre Worte kaum gehört da meine ganze Aufmerksamkeit dem Stück blasser Haut galt, das am Ausschnitt ihres Bademantels zu sehen war. »Nein«, antwortete ich automatisch, »keinen Kaffee«, und dann greife ich nach dem Gürtel ihres Bademantels, da meine Hände offensichtlich ihren eigenen Willen haben.

Das Kleidungsstück fiel schon durch eine leichte Berührung auseinander und hat einen Körper enthüllt, der aus meinen feuchten Träumen stammen könnte.

Feste, volle Brüste mit harten, rosafarbenen Nippeln, eine Hüfte die so schmal war, dass ich sie mit meinen Händen umfassen könnte, und sehr lange Beine. Und zwischen diesen Beinen nicht einmal der Hauch eines Haares, nur der weiche, freiliegende Hügel ihrer Muschi.

Mein Schwanz wurde so hart, dass es schmerzte.

Sie errötete noch tiefer im Gesicht und auf der Brust und meine restliche Selbstkontrolle löste sich in Rauch auf. Ich berührte ihre Brust, strich mit meinem Daumen über ihren Nippel und beobachtete, wie sich ihre Pupillen weiteten und ihre blauen Augen dunkler wirken ließen.

Sie reagierte auf mich. Vielleicht war sie verängstigt, aber sie reagierte.

Nicht stark, aber ausreichend. Ich hätte zu diesem Zeitpunkt nicht einmal weggehen können, wenn eine Bombe genau neben uns hochgegangen wäre.

»Du bist sehr direkt«, flüsterte sie und ich erwiderte ihr, dass ich keine Zeit für Spielchen hätte. Das war die Wahrheit — und wenn es auch nur deshalb war, weil das Verlangen das ich fühlte intensiver, gewaltiger war als alles, was ich davor erlebt hatte. In diesem Moment hätte ich alles getan um sie zu haben, jede Grenze überschritten … jedes Verbrechen begangen.

»Und wenn ich nein sage?«, fragt sie mit leicht zitternder Stimme und ich schaffe es kaum sie zu fragen, ob sie wirklich nein sagen würde. Ich habe es geschafft meine Stimme ruhig zu halten und sanft ihre

Nippel mit meinem Daumen zu umkreisen während ich gleichzeitig meine andere Hand in ihr Haar gleiten ließ, aber sie hat mir nicht konkret geantwortet. Stattdessen hat sie wissen wollen, was ich in jenem Fall tun würde, ob ich gehen würde.

»Was denkst du?«, habe ich sie ausweichend gefragt, um eine Antwort zu finden, aber sie hat nichts gesagt. Sie muss den gewaltigen Hunger gespürt haben, der sich in mir zusammenbraute und beschlossen haben mich nicht weiter zu reizen. Ich konnte die Akzeptanz in ihren Augen sehen, die Art und Weise spüren, auf die sie sich mir entgegenbog, so als würde sie mir ihre Erlaubnis geben.

Und deshalb habe ich sie berührt, die weiche warme Hitze zwischen ihren Beinen gespürt.

Ich bin mit meinem Finger in ihre enge Muschi eingedrungen und habe ihre Nässe gespürt.

Sie wollte mich — außer die Feuchtigkeit war nicht für mich.

Außer sie hat in diesem Moment an Esguerra gedacht.

Dieser Gedanke erfüllte mich mit blanker Wut. »Wirst du immer so feucht bei Männern, die du nicht begehrst?«, habe ich sie gefragt, da ich meine irrationale Eifersucht nicht verbergen konnte, und sie erwiderte, dass sie mich begehrt. Zuerst hatte sie Esguerra gewollt und jetzt mich.

»Stört dich das?«, wollte sie von mir wissen und zum ersten Mal, seit ich in ihr Apartment gekommen bin schien sie die erfahrene, selbstsichere Frau aus dem Restaurant zu sein und nicht das verängstigte Mädchen das mich an der Tür begrüßt hat.

Diese Gegensätzlichkeit faszinierte und erregte mich, auch wenn die Wut weiter durch meine Adern floss. »Nein«, antwortete ich ihr und schob einen weiteren Finger in ihre feuchte Öffnung während ich meine Daumen auf ihre Klitoris legte. »Überhaupt nicht.«

Ihre Augen wurden weich und schweiften ab, und ich konnte spüren, wie ihre Muschi meine Finger zusammendrückte, wie sie durch meine Berührung noch feuchter wurde. Ihre Hände ergriffen meinen Arm, so als wollten sie mich zum Aufhören bewegen, aber ihr Körper sehnte sich nach meinen Berührungen. Ich betrachtete sie eindringlich, nahm jeden noch so kleinen Ausdruck ihres Gesichts wahr, lauschte jedem Luftholen und Stöhnen während ich mit meinen Fingern ihre Muschi innen und außen bearbeitete. Sie hat so gut reagiert, so unglaublich gut dass ich innerhalb kürzester Zeit wusste, was sie mochte, was meine Finger noch feuchter machen würde. Ich konnte spüren, wie ihr Körper sich anspannte, bemerkte, dass sie schneller atmete, und mein Schwanz wurde so hart dass er sich anfühlte, als würde er jeden Moment explodieren.

»Ja, genau so.« Ich drückte fest auf ihre Klitoris. »Komm für mich, meine Schöne, jetzt.«

Und das tat sie auch. Ihr Blick schweifte ab, sie nahm nichts mehr wahr und ihre Muschi zog sich um meine Finger zusammen. Ich habe sie gehalten bis ihre Kontraktionen aufhörten und hatte meine Hand immer noch in ihrem seidigen Haar, als ich zufrieden zu ihr meinte: »Na bitte. Das war nett, oder nicht?«

Zuerst hat sie mir nicht geantwortet und einen Moment lang habe ich mich erneut gefragt, ob ich sie missverstanden und sie gegen ihren Willen dazu gezwungen habe. Aber dann streckte sie ihren Arm aus und nahm zielstrebig meine Eier durch meine Jeans hindurch in ihre Hand. »Das war nett«, flüsterte sie und sah zu mir auf. »Und jetzt bist du dran.«

Das war die Aufforderung die ich gebraucht hatte. Ich fühlte mich wie ein wildes Tier in Freiheit, aber irgendwie habe ich es geschafft, sie auf eine halbwegs zivilisierte Art zu küssen, ihre Lippen zu schmecken anstatt sie zu verschlingen, so wie ich es innerlich tun wollte. Ihr Mund war köstlich, wie warmer Tee und Honig, und eine Minute lang war ich in der Lage, so etwas wie Kontrolle aufrecht zu erhalten, so zu tun, als sei ich kein lustgesteuerter Wilder.

Aber genau das war ich — und als ihr Bademantel zu Boden fiel, hat sich ein Schalter in mir umgelegt und ich habe sie gegen die Wand gedrückt. Allein durch die zwanzigjährige Angewohnheit erinnerte ich mich daran ein Kondom überzustreifen, bevor ich sie in die Höhe hob und sie anwies, ihre Beine um mich zu schlingen während ich in sie stieß, da ich keine Sekunde länger warten konnte.

Sie war so eng, so unglaublich eng und heiß, dass ich fast auf der Stelle gekommen wäre, besonders als sich ihre Muschi um mich zusammenzog und sich ihr Körper durch mein Eindringen anspannte. Ich habe eine kurze Pause gemacht, weil ich Angst hatte ihr wehzutun und habe gewartet bis sich ihre Beine um meine Hüfte legten — und dann habe ich damit begonnen, sie ernsthaft zu ficken, da ich von einem Hunger getrieben wurde, den ich niemals zuvor gespürt hatte. Ich wollte so tief in ihr sein, dass ich niemals wieder hinauskäme, sie so hart nehmen, dass ich meine Spuren auf ihrem Fleisch hinterlassen würde.

Ich habe sie beobachtet, während ich sie fickte und wusste genau, in welchem Moment sie ihren zweiten Höhepunkt erreichte. Ihre Augen weiteten sich, so als sei sie überrascht, und dann habe ich gespürt, wie sich ihre Muschi um mich zusammenzog, sich um meinen Schwanz krampfte. Dieses Gefühl war so intensiv, dass ich meinen eigenen Orgasmus nicht zurückhalten konnte. Er ist über mich hinweggespült, ist aus meinen Eiern geschossen und ich haben meine Lende an ihr gerieben, da ich so weit wie menschenmöglich in ihr sein musste, mit ihr in dieser explosiven, bewusstseinsveränderten Lust verschmelzen musste.

Das war der beste Höhepunkt meines Lebens. Ich habe mich wie unter Drogeneinfluss gefühlt, ausgefüllt mit ihrem Geschmack, der Berührung ihres Körpers und einige Augenblicke lang dachte ich, dass sie das Gleiche fühlt — aber dann hat sie mich weggedrückt. »Bitte, lass mich hinunter«, sagte sie und sah verstört aus — was auf mich die Wirkung eines Eimers Eiswasser hatte, der über meinen Kopf geschüttet wird.

Ich habe ihr zwei Orgasmen beschert und sie hat mich angesehen als hätte ich sie vergewaltigt.

So als hätte ich sie in einer dunklen Gasse überfallen.

Etwas in mir hat sich zusammengezogen und verhärtet. Ich habe meine Lippen zu einem ironischen Lächeln verzogen und gesagt: »Es ist zu spät, um es zu bereuen, meine Schöne.« Ich habe sie auf ihre Füße gestellt und meine Hände dazu gezwungen, sich von ihrem festen und wohlgeformten Po zu trennen. Mein Schwanz glitt aus ihr als ich zurücktrat und das Kondom, das jetzt mit meinem Sperma gefüllt war, saß locker.

Ich zog es ab und ließ es auf den Boden fallen. Ihre Augen folgten dieser Bewegung und ich sah, dass sie erneut im Gesicht errötete. Das, was passiert war, war ihr unangenehm, wurde mir klar und meine Wut verstärkte sich.

Sie hat mich hineingelassen, gesagt, dass sie mich begehrt — ihr Körper hat mir verdammt nochmal gezeigt, dass sie mich begehrte — und jetzt verhielt sie sich so, als sei das Ganze ein riesiger Fehler gewesen.

So, als könne sie nicht schnell genug von mir wegkommen.

Drauf geschissen, beschloss ich, da mein Blut mit einer Mischung aus Zorn und erneuter Lust kochte. Wenn sie dachte, dass ich diesen Scheiß durchgehen lassen würde, lag sie falsch.

Und den Rest der Nacht habe ich dazu genutzt, ihr zu zeigen, wie falsch sie lag. Ich habe ihre Muschi geleckt und sie gefickt bis sie mich angefleht hat aufzuhören, bis ihre Stimme heiser war, weil sie meinen Namen zu oft geschrien hatte und mein Schwanz wund davon war, in ihr enges Fleisch zu stoßen. Ich ließ sie ein halbes Dutzend Mal kommen bevor ich meinen zweiten Orgasmus zuließ und danach musste ich mich zurückhalten, sie ein drittes Mal zu nehmen als sie aufwachte, um zum Klo zu gehen.

Ich musste mich zurückhalten, weil ich aus irgendeinem Grund unglaublicherweise mehr wollte.

Ich wollte immer noch.

Scheiße. Ich habe Yulia gesagt, dass ich eines Tages zurückkommen könnte, aber wenn dieser kranke Hunger anhält, werde ich früher als geplant nach Moskau zurückkommen müssen — vielleicht sobald wir in Tadschikistan fertig sind.

Ja, das werde ich tun, beschließe ich und beginne mich anzuziehen.

Ich werde meinen Job erledigen und dann zu dem russischen Mädchen zurückkehren, sollte ich sie mir immer noch nicht aus dem Kopf geschlagen haben.

SECHSTES KAPITEL

❖ YULIA ❖

Ich gebe vor, zu schlafen, als Lucas sich anzieht und dann schnell mein Apartment verlässt. Als er die Tür hinter sich zuzieht, höre ich, wie das automatische Schloss einrastet. Ich bin dankbar, dass er es eingestellt hat. In Moskau ist es nicht einmal wenige Minuten lang sicher, die Tür geöffnet zu lassen. Kriminelle sind dreist, erfindungsreich und scheinbar überall.

Ich liege eine weitere Minute mit geschlossenen Augen da um sicherzugehen, dass Lucas nicht zurückkommt und springe dann aus dem Bett, ohne dem leicht wunden Gefühl zwischen meinen Beinen Beachtung zu schenken. Trotzdem wandern meine Gedanken automatisch zum Grund meines wunden

Gefühls und ich bemerke erneut, dass ich eigenartig traurig bin.

Wahrscheinlich werde ich Lucas Kent nie wieder sehen.

Hör auf damit, ermahne ich mich selbst. Es gibt keinen Grund dafür, über ihn nachzudenken. Wir hatten Sex, nichts weiter. Was ich jetzt wirklich tun muss, ist, herauszufinden ob Obenko eine Gelegenheit gefunden hat, zu einem Schlag gegen Esguerra auszuholen während Kent bei mir war. Sollte das der Fall sein, wäre mein Gastspiel hier beendet. Meine falsche Identität ist hieb- und stichfest, aber sobald den Russen auffällt, dass es eine undichte Stelle gab, wird der Verdacht auf mich fallen.

Ich rufe Obenko an, während ich mich anziehe. »Gibt es Neuigkeiten?«, frage ich, als er rangeht.

»Wir haben einen Plan«, antwortet er. »Wir konnten Esguerras Boeing C-17 ausfindig machen — es ist das einzige Privatflugzeug jener Größe, das voraussichtlich in den nächsten Stunden starten wird. Unser Kontakt in Usbekistan wird sich um den Rest kümmern.«

Ich halte dabei inne, mir meine Reißverschlüsse an den Stiefeln zu schließen. »Was meinen Sie damit?«

»Das usbekische Militär wird eine Rakete abfeuern wenn sie über seinen Luftraum fliegen«, erklärt Obenko. »Natürlich wird es ein Unfall sein. Das wird den Russen nicht gefallen aber sie werden wegen eines Waffenhändlers keinen Krieg beginnen. Unser Kontakt wird dafür ins Gefängnis wandern und degradiert werden, aber seine Familie wird eine sehr gute Entschädigung für seine Unannehmlichkeiten bekommen.«

»Esguerras Flugzeug wird abgeschossen werden?« In meinem Hals bildet sich ein kalter Knoten. Mir ist es egal, was aus Esguerra wird, aber der Gedanke daran, dass Lucas in einem zerquetschten Metallklumpen sterben oder in Stücke zerrissen werden könnte …

»Ja. Es wäre zu gefährlich ihn hier anzugreifen. Er hat vier Dutzend seiner Männer bei sich. Es gibt keinen anderen Weg, wie wir an ihn herankommen können.«

»Ich verstehe.« Mir läuft ein eiskalter Schauer den Rücken hinunter. »Also werden sie alle sterben.«

»Wenn alles nach Plan verläuft, ja. Wir werden die Bedrohung auf einen Schlag unschädlich machen, ohne selbst Verluste zu haben.«

»Stimmt.« Ich versuche einen Hauch von angemessenem Enthusiasmus in meine Stimme zu legen, aber ich weiß nicht, ob es mir gelingt. Ich kann nur an Lucas starken Körper denken, verbrannt und gebrochen, und an seine blassen Augen, die blind in den Himmel starren. Es sollte mir nichts ausmachen — er bedeutet mir nichts — aber ich kann dieses grauenvolle Bild nicht aus meinem Kopf verbannen.

»Wir müssen dich verschwinden lassen«, sagt Obenko und lenkt damit meine Aufmerksamkeit wieder auf sich. »Wenn die Russen wirklich Nachforschungen anstellen und unser usbekischer

Kontakt beschließt zu reden, werden sie nicht lange brauchen, um herauszufinden wie wir an die Informationen gekommen sind. Es ist bedauerlich, aber wir wussten immer, dass diese spezielle Aufgabe ein gewisses Risiko beinhaltet.«

»In Ordnung.« Ich schließe meine Augen und reibe über meinen Nasenrücken. »Wo treffe ich das Team?«

»Nimm den Zug nach Kon'kovo. Dort wird ein Auto für dich bereit stehen.« Danach verstummt die Leitung.

* * *

Ich benötige weniger als zwanzig Minuten um zu packen. Ich habe seit sechs Jahren in Moskau gelebt, aber ich habe nur wenige Dinge, die mir etwas bedeuten. Etwas Make-up, eine Bürste, Unterwäsche zum Wechseln, meinen gefälschten Pass, meine Waffe — das ist alles, was in meiner großen Handtasche von Gucci verschwindet. Ich stelle außerdem sicher, dass die Kleidung die ich trage — Designer Jeans, die ich in meine kniehohen, flachen Stiefel gesteckt habe, Kaschmir Pulli und ein dicker, gut sitzender Parka — warm und gleichzeitig bequem ist. Falls mich jemand dabei beobachtet, wie ich das Apartment verlasse, werde ich genauso aussehen, wie man es von mir erwartet: wie eine junge Frau die zur Arbeit geht und sich gegen die brutale Kälte geschützt hat.

Nachdem ich mit dem Packen fertig bin, reinige ich das ganze Apartment, um meine Fingerabdrücke zu verwischen bevor ich es verlasse — natürlich nicht, ohne die Tür sicher hinter mir zu verschließen. Ich bin nicht länger besorgt darüber, dass Diebe einbrechen könnten, aber ich muss es ihnen auch nicht gerade einfacher machen als nötig.

Niemand scheint das Gebäude zu beachten als ich auf die Straße trete, aber trotzdem beobachte ich meine Umgebung weiterhin, um sicherzugehen, dass mir niemand folgt.

Als ich bei der U-Bahn-Station ankomme, muss ich erneut an Lucas denken und ich erschaudere trotz meiner warmen Bekleidung. Ich sollte glücklich sein — seit Monaten habe ich mich darauf gefreut, hier herausgeholt zu werden — aber ich kann meine Gedanken nicht vor Lucas' Schicksal verschließen.

Wird er schnell oder langsam sterben? Wird ihn die Rakete oder der Absturz töten? Wird er lange genug bei Bewusstsein sein um zu verstehen, dass er sterben wird?

Wird er vermuten, dass ich etwas damit zu tun hatte?

Der Knoten in meinem Hals vergrößert sich und ich fühle mich, als würde ich gleich ersticken. Einen kranken Moment lang verspüre ich diesen überwältigenden Drang ihn anzurufen, ihn davor zu warnen dieses Flugzeug zu besteigen. Ich greife bereits nach dem Telefon, bevor ich meine Hand bremsen kann und sie stattdessen in meine Hosentasche stecke.

Dumm, dumm, dumm, schimpfe ich mit mir selbst während ich die Treppen zur U-Bahn-Station hinabsteige. Ich habe nicht einmal Kents Nummer. Und selbst wenn ich sie hätte, würde ich Obenko und mein Land verraten, sollte ich ihn warnen.

Misha verraten.

Nein, niemals. Ich atme tief ein und ignoriere das Drängen der Moskauer Pendler um mich herum. Die Operation liegt jetzt schon nicht mehr in meinen Händen. Selbst wenn ich etwas ändern wollte, könnte ich es nicht mehr. Obenko und sein Team haben jetzt die Kontrolle übernommen und ich kann nur darauf hoffen, dass ich schnell aus Russland rauskomme.

Außerdem gibt es in meinem Leben keinen Platz für Romantik. Den gäbe es auch dann nicht, wenn Lucas Kent nichts mit dem Waffenhändler zu tun hätte, der gerade zu einem Feind der Ukraine geworden ist. Ob Kent tot oder lebendig ist, sollte mir egal sein — weil ich ihn sowieso nicht wiedersehen werde.

Die Ankunft des Zugs reißt mich aus meinen Gedanken. Die Menschen um mich herum drängen nach vorne, drücken sich in den vollen Zug, und ich zwänge mich ebenfalls schnell hinein, bevor die Türen sich schließen.

Zum Glück schaffe ich es. Ich halte mich an der Stange fest, zwänge mich zwischen zwei mittelalte Frauen und gebe mein Bestes, das anzügliche Grinsen eines alten Mannes zu ignorieren, der vor mir sitzt. Nur noch wenige Stunden und ich werde mich nicht mehr mit der Moskauer U-Bahn abgeben müssen.

Ich werde auf meinem Weg nach Kiew sein, der Stadt, in die ich gehöre.

Ich schließe meine Augen und versuche mich darauf zu konzentrieren — auf das nach Hause kommen.

Darauf, in Mishas Nähe zu sein, auch wenn ich ihn nicht persönlich treffen kann.

Mein kleiner Bruder ist jetzt vierzehn. Ich habe seine Fotos gesehen: er ist ein hübscher Teenager mit leuchtenden, schelmisch blauen Augen. Auf allen Fotos ist er lachend mit seinen Freunden zu sehen. Er ist sehr gesellig, hat mir Obenko erzählt. Aufgeschlossen.

Glücklich mit dem Leben, das sie ihm gegeben haben.

Jedes Mal wenn ich eines dieser Bilder erhalte, betrachte ich es stundenlang und frage mich, ob er sich an mich erinnert. Ob er mich wiedererkennen würde, wenn wir uns auf der Straße über den Weg laufen würden. Das ist unwahrscheinlich — er war erst drei Jahre alt als er adoptiert wurde — aber ich mag den Gedanken, dass er es tun könnte.

Dass er sich daran erinnert, wie ich das eine, brutale Jahr in diesem Waisenhaus auf ihn aufgepasst habe.

Ein knackendes Geräusch unterbricht meine Überlegungen. Ich öffne meine Augen und bemerke, dass der Zug langsamer wird.

»Wir entschuldigen uns für die Verzögerung«, wiederholt der Fahrer laut, als der Zug stehenbleibt. »Das Problem sollte in Kürze behoben sein.«

Die Passagiere um mich herum stöhnen gleichzeitig auf. Die Frau mittleren Alters links neben mir beginnt zu fluchen, während die auf meiner rechten Seite etwas über korrupte Politiker vor sich hin murmelt, die sich öffentliche Gelder in die eigene Tasche stecken, anstatt Dinge zu regeln. Das ist nicht die erste Verzögerung in diesem Monat; die extremen Temperaturen diesen Winter haben ihren Zoll von den Straßen und den U-Bahn-Schienen gefordert und diesen Albtraum der Pendler in Moskau zur Rush-Hour verschlimmert.

Ich unterdrücke mein ungeduldiges Seufzen und schaue auf mein Handy. Wie ich vermutet habe, zeigt es keinen Balken an. Die dicken Wände des Tunnels verhindern jeglichen Empfang, weshalb ich meine Kontaktmänner nicht über meine Verspätung informieren kann.

Großartig. Einfach großartig.

Ich packe das Telefon weg und versuche, mich nicht von meiner Frustration überwältigen zu lassen. Wenn ich Glück habe, kann das Problem leicht behoben werden, und es sind keine ernsthafteren Reparaturen nötig. Letzten Monat hat ein Rohrbruch den Verkehr in ganz Moskau lahmgelegt und die U-Bahn hatte Verspätungen von drei Stunden und mehr. Sollte so etwas passiert sein, könnte es sein, dass ich bis zum

Nachmittag nicht bei dem Treffpunkt ankommen werde, von dem sie mich abholen.

Ungewollt wenden sich meine Gedanken erneut Lucas zu. Am späten Nachmittag wird sein Flugzeug wahrscheinlich über den usbekischen Luftraum fliegen. Er könnte zu diesem Zeitpunkt sogar schon tot sein. Mein Magen brennt sauer, als ich mir seinen durch die Explosion und den Aufprall in Stücke gerissenen und zerstörten Körper vorstelle.

Hör auf damit, Yulia. Das Brennen in meinem Magen verstärkt sich, wird zu einem leeren Grummeln und ich verstehe erleichtert, dass ich heute Morgen vergessen habe zu frühstücken. Ich hatte es so eilig zu packen und zu verschwinden, dass ich nur einen Bissen von meinem Apfel genommen habe.

Kein Wunder, dass mir schlecht ist. Es hat nichts mit Kent zu tun, sondern nur damit, dass ich Hunger habe.

Ja, genau das ist es, sage ich mir. Ich bin einfach nur hungrig. Sobald sich der Zug wieder in Bewegung setzt und ich an meinem Ziel ankomme, werde ich mir etwas zu Essen holen und alles wird wieder gut.

Ich werde mich in Kiew in Sicherheit befinden und nie wieder an Lucas Kent denken.

SIEBENTES KAPITEL

❖ LUCAS ❖

Als ich beim Flugzeug ankomme, ist die ganze Mannschaft, einschließlich Esguerra, schon an Bord und in Kampfbekleidung. Die Anzüge sind kugelsicher und schwer brennbar — was sie unverschämt teuer macht. Ich bin dankbar dafür, dass Esguerra bei jedem Einsatz auf sie besteht, da sie dabei helfen, die Verluste unter unseren Männern zu minimieren.

Ich bin der letzte an Bord und ich fliege das Flugzeug, weshalb wir Richtung Tadschikistan — wo sich die letzte Hochburg der Al-Quadar befindet — abheben, sobald ich mich umgezogen habe. Esguerra hat das Versteck kürzlich erfahren, und da diese Idioten sich mit ihm angelegt haben, als sie seine Frau vor einigen Monaten entführten, ist er jetzt entschlossen sie auszurotten. Die Russen haben uns einen sicheren Durchlass garantiert — darum ging es bei dem Treffen mit Buschekov — also erwarte ich keinerlei Schwierigkeiten. Trotzdem behalte ich den Radar im Auge, als wir uns von Moskau entfernen und uns Zentralasien nähern.

In diesem Teil der Welt kann man nie vorsichtig genug sein.

Sobald wir unsere Flughöhe erreicht haben, stelle ich das Flugzeug auf Autopilot und überprüfe meine Waffen, nehme jede einzelne auseinander um sie zu reinigen, bevor ich sie wieder zusammenbaue. Das ist eines der ersten Dinge gewesen, die ich in der Navy gelernt habe: stelle vor jedem Kampf sicher, dass deine Waffen in Ordnung sind. Esguerras Ausrüstung ist hervorragend und ich hatte noch nie eine Fehlfunktion, aber irgendwann ist immer das erste Mal.

Ich bin zufrieden, dass alle Waffen sich in einem guten Zustand befinden und packe sie wieder weg, bevor ich erneut auf den Radar schaue.

Es ist nichts Außergewöhnliches zu sehen.

Ich lehne mich in meinem Sitz zurück und strecke meine Beine aus. Ich kann ihn schon fühlen — den Beginn des Adrenalinrausches, die Aufregung tief in meinen Adern.

Die Vorfreude, die mich vor jedem Kampf überkommt.

Meine Gedanken und mein Körper bereiten sich bereits darauf vor, auch wenn wir noch einige Stunden unterwegs sein werden, bis wir unser Ziel erreichen.

Genau dafür bin ich geschaffen, genau das liebe ich. Kämpfen liegt mir im Blut. Deshalb habe ich mich sofort nach der Schule bei der Navy eingeschrieben, deshalb konnte ich den Gedanken an das, was meine Eltern für mich geplant hatten, nicht ertragen. Ein Jurastudium, bevor ich mich der erfolgreichen Anwaltskanzlei meines Großvaters anschließe — ich konnte mir nichts dergleichen für mich vorstellen. Ich wäre in einem solchen Leben erstickt, wäre an Luftnot in den stickigen, elitären Sitzungssälen in Manhattan gestorben.

Meine Familie hat das natürlich nicht verstanden. Für sie ist Körperschaftsrecht — und das Geld und das Ansehen, das es mit sich bringt — die Spitze des Erfolgs. Sie konnten nicht verstehen, warum ich etwas Anderes tun wollte, warum ich etwas Anderes als ihr Goldjunge sein wollte.

»Wenn du nicht Jura studieren möchtest, warum versuchst du es dann nicht mit Medizin?«, hat mein Vater vorgeschlagen als ich ihm in meinem letzten Schuljahr meine Bedenken erklärt habe. »Oder, falls du nicht so lange studieren möchtest, könntest du Investment Banker werden. Ich kann dir für diesen Sommer ein Praktikum bei Goldman Sachs besorgen — das würde sich in deiner Bewerbung für Princeton gut machen.«

Ich habe sein Angebot nicht angenommen. Zu diesem Zeitpunkt wusste ich nicht wohin ich gehörte, aber ich wusste, es war nicht Goldman Sachs und es war nicht Princeton oder eine andere Universität, bei der sie eine riesige Menge Geld für mein Studium bezahlt hätten. Ich war anders als meine Klassenkameraden. Zu unruhig, voller aufgestauter Energie. Ich spielte jeden Sport der angeboten wurde, habe an allen Kampfsportkursen teilgenommen, die ich finden konnte, aber das hat mir nicht gereicht.

Mir hat immer noch etwas gefehlt.

Eines Nachts in meinem Abschlussjahr, als ich betrunken von einer Party in Brooklyn nach Hause gewankt bin, habe ich herausgefunden, was dieses etwas war. In einer leeren U-Bahn-Haltestelle wurde ich von einer Gruppe Schläger angegriffen, die hofften, einem Jungen der Upper East Side leicht sein Geld abnehmen zu können. Sie waren mit Messern bewaffnet, während ich gar nichts hatte, aber ich war zu betrunken, als dass es mir etwas ausgemacht hätte. Das Training meiner Kampfsportkurse kam zum Vorschein und ich habe mich im ersten wirklichen Kampf meines Lebens wiedergefunden.

Einem Kampf, in dem ich einen Mann niederstach und sein Blut über meine Hände laufen sah.

Einem Kampf, in dem ich das Ausmaß der Gewalt in mir erkannt habe.

* * *

Wir fliegen über Usbekistan und sind nur noch einige hundert Kilometer von Usbekistan entfernt, als Esguerra ins Cockpit kommt.

Als ich die Tür höre, drehe ich mich zu ihm um. »Wir sollten in anderthalb Stunden dort sein«, erkläre ich ihm schon bevor er mich fragt. »Die Landebahn ist noch vereist, aber wird gerade für uns vorbereitet. Die Hubschrauber sind betankt und startklar.«

Wir brauchen diese Hubschrauber um zum Pamir Gebirge zu gelangen, wo wir das Versteck der Terroristen vermuten.

»Hervorragend«, sagt Esguerra und seine blauen Augen funkeln. »Gibt es irgendwelche ungewöhnlichen Aktivitäten in der Region?«

Ich schüttele meinen Kopf. »Nein, es ist alles ruhig.«

»Gut.« Er betritt die Kabine und setzt sich in den Sitz des Copiloten. »Wie war die Nacht mit dem russischen Mädchen?«, will er wissen und legt sich den Gurt um.

Einen kurzen Moment lang kann ich spüren, wie Eifersucht in mir aufsteigt, aber dann erinnere ich mich daran, wie Yulia die ganze Nacht lang auf mich reagiert hat. »Sehr befriedigend«, sage ich lächelnd als die Erinnerungen meine Gedanken füllen. Sie haben etwas verpasst.«

»Ja, da bin ich mir sicher«, erwidert er, aber ich kann sehen, dass er es überhaupt nicht bedauert. Dieser Mann ist besessen von seiner jungen Frau. Ich habe das

Gefühl, dass die schönste Frau der Welt nackt vor ihm entlang spazieren könnte und er nicht einmal mit den Wimpern zucken würde. Esguerra hat es wirklich erwischt — und das ausgerechnet bei dem Mädchen, dass er gefangen gehalten hat.

Bei diesem Gedanken muss ich grinsen. »Ich muss sagen, dass ich nie gedacht hätte, Sie jemals als einen glücklich verheirateten Mann zu sehen.«

Esguerra zieht seine Augenbrauen in die Höhe. »Wirklich?«

Ich zucke mit den Schultern und mein Grinsen verschwindet. Ich bin nicht gerade ein Freund meines Chefs — Esguerra ist niemals übermäßig freundlich — aber aus irgendeinem Grund scheint er heute aufgeschlossener zu sein.

Oder aber ich habe wegen der umwerfenden Übersetzerin einfach sehr gute Laune.

»Sicher«, sage ich zu Esguerra. »Menschen wie wir werden nicht gerade als Kandidaten für perfekte Ehemänner angesehen.«

Ich kann mir wirklich keine zwei Menschen vorstellen, die weniger geeignet für ein häusliches Leben sind.

Esguerra lacht. »Ich weiß auch nicht, ob Nora mich direkt als den perfekten Ehemann bezeichnen würde.«

»Falls sie es nicht tut, sollte sie ihre Meinung vielleicht ändern.« Ich drehe mich wieder zu den Armaturen um. »Sie betrügen sie nicht, Sie sorgen gut für sie und haben schon Ihr Leben riskiert, um sie zu retten. Wenn das nicht ein guter Ehemann ist, dann weiß ich es auch nicht.« Während ich spreche bemerke ich eine Bewegung auf dem Bildschirm des Radars.

Ich runzele die Stirn und schaue genauer hin.

»Was ist das?« Esguerras Ton wird schärfer.

»Ich bin mir nicht sicher«, beginne ich zu sagen und in diesem Moment durchfährt ein so gewaltiger Ruck das Flugzeug, dass ich fast aus meinem Sitz geschleudert werde. Das Flugzeug neigt steil nach unten und Adrenalin explodiert in meinen Adern als ich das frenetische Piepen der Anzeigen höre, die sich überschlagen.

Wir sind getroffen worden.

Dieser Gedanke ist kristallklar in meinem Kopf.

Ich greife nach dem Steuer und versuche das Flugzeug unter Kontrolle zu bekommen während wir durch eine dickere Wolkendecke fallen. Mein Herzschlag hat die Geschwindigkeit einer Rakete und ich kann das Klopfen in meinen Ohren hören. »Scheiße, Scheiße, Scheiße, Scheiße, verfickte Scheiße —«

»Was hat uns getroffen?« Esguerra hört sich ruhig an, fast desinteressiert. Ich kann die Motoren mahlen und stottern hören, bevor uns der Geruch von Rauch und laute Schreie erreichen.

Wir brennen.

Verdammte Scheiße.

»Ich bin mir nicht sicher«, gelingt es mir zu sagen. Das Flugzeug fliegt im Sturzflug und ich kann es nicht länger als eine Sekunde stabilisieren. »Ist das nicht scheißegal?«

Das Flugzeug zittert und die Motoren geben ein beängstigendes stotterndes Geräusch von sich während wir geradewegs auf den Boden unter uns zurasen. Ich kann die Gipfel des Pamir Gebirges bereits sehen, aber wir sind zu weit entfernt, um es bis zu ihnen zu schaffen.

Wir werden abstürzen, bevor wir unser Ziel erreichen.

Scheiße, nein. Ich bin nicht bereit zu sterben.

Fluchend kämpfe ich weiter mit der Steuerung und ignoriere die Anzeigen, die mich über die Sinnlosigkeit meiner Anstrengungen informieren. Das Flugzeug fängt sich und der Motor setzt sich für einen kurzen Moment in Gang, aber dann begeben wir uns wieder in den Sturzflug. Ich wiederhole das Manöver, setzte auf meine jahrelangen Erfahrungen als Pilot, aber es ist sinnlos.

Ich schaffe es lediglich unseren Abfall um einige Sekunden zu verlangsamen.

Man sagt, dass das Leben vor unseren Augen vorbeizieht, kurz bevor wir sterben. Man sagt, wir würden über die ganzen Dinge nachdenken, die wir anders hätten tun können, über alle Dinge, die wir nicht mehr tun konnten.

Ich denke an nichts dergleichen.

Ich bin viel zu beschäftigt damit, so lange wie möglich zu überleben.

Esguerra neben mir schweigt, seine Hände krallen sich in die Kanten seines Sitzes während wir abstürzen, die kleinen Objekte unter uns bedrohlich größer werden. Ich kann die Bäume sehen — wir befinden uns jetzt über einem Wald — und ich sehe die einzelnen Zweige, die kahl und schneebedeckt sind.

Wir sind jetzt nahe am Boden und ich unternehme den letzten Versuch, das Flugzeug zu führen und es zu einer Ansammlung kleinerer Bäume und Büsche zu steuern, die sich einige hundert Meter von uns entfernt befinden.

Und dann sind wir da, rauschen markerschütternd durch die Bäume.

Mein letzter Gedanke gilt eigenartigerweise ihr.

Dem russischen Mädchen, das ich nie wieder sehen werde.

TEIL II: DIE HAFT

ACHTES KAPITEL

❖ YULIA ❖

Siebeneinhalb Stunden.

Der Zug hat siebeneinhalb Stunden in dem Tunnel festgesteckt. Die Erleichterung, die mich überkommt als sich die Türen endlich an der nächsten Station öffnen, ist so stark, dass ich zittere.

Oder aber ich zittere vor Hunger und Durst. Ich kann es nicht sagen.

Ich steige aus dem verfluchten Zug, schiebe mich durch die Horde erschöpfter, gestresster Pendler und nehme die Rolltreppe nach oben. Ich muss Obenko umgehend anrufen; meine Kontaktpersonen müssen vor Sorgen verrückt sein.

»Yulia? Was zum Henker ist passiert?« Wie zu erwarten war, ist Obenko wütend. »Wo bist du?«

»Rizhskaya.« Ich nenne ihn den Namen der Station, die sich etwa zwanzig Haltestellen von meinem Ziel entfernt befindet. »Ich war in dem Kaluzhsko-Rizhskaya Zug.«

»Scheiße. Du hast wegen dieses Idioten festgesteckt.«

»Ja.« Ich lehne mich gegen die eisige Wand am Ende der Rolltreppe, während die anderen Menschen an mir vorbeieilen. Laut der letzten Durchsage des Zugführers war der Grund für die Verspätung eine Geiselnahme zwei Züge vor uns. Ein tschetschenischer Freiheitskämpfer hatte die tolle Idee, sich eine selbstgebastelte Bombe umzuhängen und damit zu drohen, sich selbst in die Luft zu sprengen, sollten seine Forderungen nicht erfüllt werden. Der Polizei ist es gelungen ihn festzunehmen, aber sie benötigten Stunden, um es gefahrlos tun zu können. Wenn man die Ernsthaftigkeit der Lage bedenkt, ist es ein Wunder, dass wir überhaupt vor Einbruch der Dunkelheit aus dem Zug herausgekommen sind.

»In Ordnung.« Obenko hört sich ein wenig ruhiger an. »Ich werde das Team zum Treffpunkt zurückschicken. Fahren die Züge wieder?«

»Die Linie Kaluzhsko-Rizhskaya nicht. Sie haben gesagt, dass sie am späteren Abend ihren Dienst wieder aufnehmen wird. Ich werde mir ein Taxi nehmen müssen.« Ich verlagere mein Gewicht von einem Fuß auf den anderen und wieder zurück, da mich meine Blase daran erinnert, dass ich seit Stunden nicht mehr auf der Toilette gewesen bin. Ich muss dringend eine aufsuchen und endlich etwas essen, aber zuerst muss ich etwas wissen. »Vasiliy Ivanovich«, sage ich zögerlich und spreche meinen Chef mit seinem Namen und Vatersnamen an, »war die Operation … erfolgreich?«

»Das Flugzeug ist vor einer Stunde abgeschossen worden.«

Meine Knie geben nach und die Station verschwimmt vor meinen Augen, da ich einen kurzen Schwindelanfall bekomme. Wenn ich nicht mit dem Rücken an der Wand lehnen würde, wäre ich gestürzt. »Gab es Überlebende?« Meine Stimme hört sich erstickt an und ich muss mich räuspern, bevor ich fortfahren kann. »Ich meine … sind Sie sicher, dass die Zielperson getötet wurde?«

»Wir haben noch keine Verlustmeldung vorliegen, aber ich kann mir nicht vorstellen, dass Esguerra überlebt hat.«

»Oh. Gut.« Galle steigt in meinem Hals auf und ich fühle mich, als müsse ich mich gleich übergeben. Ich schlucke und zwinge mich zu sagen: »Ich muss jetzt gehen und ein Taxi suchen.«

»In Ordnung. Lass uns wissen, falls du Probleme haben solltest.«

»Das werde ich.« Ich drücke auf den Knopf um das Gespräch zu beenden, lege meinen Kopf gegen die

Wand und atme gierig die kalte Luft ein. Mir ist schlecht und mein Magen knurrt durch die Säure und die Leere. Mein Metabolismus ist sehr schnell, aber obwohl ich noch nie gut mit Hunger umgehen konnte, erinnere ich mich nicht daran, mich deshalb jemals so schlecht gefühlt zu haben.

Ausdruckslose, blassblaue Augen, die nichts mehr sehen können. Blut, das ein hartes, kantiges Kinn hinunterläuft …

Nein, hör auf. Ich zwinge mich dazu, mich richtig hinzustellen. Ich werde das nicht zulassen. Ich habe Hunger, Durst und ich bin erschöpft. Sobald ich diese Probleme gelöst habe, wird es mir gut gehen.

Es muss mir gut gehen.

* * *

Bevor ich nach einem Taxi suche, gehe ich in eine kleine Kaffeebar neben der Haltestelle und benutze die Toilette. Ich hole mir außerdem einen Becher heißen Tee und verschlinge drei Pirozhki mit Fleischfüllung — kleine herzhafte Pasteten. Danach fühle ich mich wieder wie ein Mensch und trete auf die Straße um zu sehen, ob es ein freies Taxi gibt.

Die Straßen rund um die Haltestelle sind ein Albtraum. Der Verkehr scheint komplett zu stehen und alle Taxen sehen belegt aus. Das ist nicht überraschend, wenn man bedenkt was mit den Zügen passiert ist, aber es ist trotzdem lästig.

Ich beginne schnellen Schrittes weiterzugehen, da ich hoffe, zu Fuß zu einem weniger überfüllten Ort zu gelangen. Es ist sinnlos ein Auto zu besteigen, das sich in zwei Stunden gerade mal zwei Straßen weiterbewegt. Da das Flugzeug bereits abgestürzt ist, muss ich so schnell wie möglich zu meinen Kontaktpersonen gelangen.

Das Flugzeug. Ich atme tief ein, als die Übelkeit erregenden Bilder erneut in meinem Kopf aufsteigen. Ich weiß nicht, warum ich nicht aufhören kann darüber nachzudenken. Ich habe Lucas nicht einmal vierundzwanzig Stunden lang gekannt und den Großteil der Zeit, die ich mit ihm verbracht habe, Angst vor ihm gehabt.

Und den Rest vor Lust schreiend in seinen Armen, erinnert mich eine leise Stimme.

Nein, hör auf.

Ich gehe schneller und im Zickzack um langsamere Fußgänger zu überholen. *Denke nicht über ihn nach, denke nicht über ihn nach ... Ich lasse diese Worte im Takt meiner Schritte in meinem Kopf widerhallen. Du wirst nach Hause zu Misha fahren ... Ich werde noch schneller, bis ich fast renne. Wenn ich mich mit dieser Geschwindigkeit fortbewege, erreiche ich nicht nur schneller mein Ziel, sondern bleibe auch warm. Denke nicht über ihn nach, du fährst nach Hause ...*

Ich weiß nicht, wie lange ich mit diesen Gedanken in meinem Kopf laufe. Erst als die Straßenlaternen eingeschaltet werden, fällt mir auf, dass es bereits dunkel wird. Ich nehme mein Telefon in die Hand und sehe, dass es fast achtzehn Uhr ist.

Ich gehe seit zweieinhalb Stunden und der Verkehr um mich herum ist genauso schlimm wie zuvor.

Ich bleibe stehen und blicke mich frustriert um. Ich bin die Hauptstraßen entlanggegangen, um meine Chancen auf ein Taxi zu erhöhen, aber das scheint die falsche Strategie gewesen zu sein. Vielleicht sollte ich mich von den Hauptverkehrsadern entfernen und mein Glück auf den kleineren Straßen versuchen. Wenn ich dort ein Auto finde, kann der Fahrer die Stadt vielleicht über Schleichwege verlassen. Ich werde ihm auch mehr Geld geben, sollte er es verlangen.

Als ich in eine der Querstraßen einbiege, sehe ich einen Park an ihrem Ende. Ich beschließe, ihn diagonal zu durchqueren und danach eine der kleineren Straßen auf seiner anderen Seite zu nehmen. Dadurch werde ich mich immer noch in die richtige Richtung bewegen, aber ich werde mich in einem ruhigeren Gebiet befinden. Vielleicht kann ich dort sogar einen Bus finden, falls es kein Taxi gibt.

Es muss einen Weg geben, innerhalb der nächsten Stunden mein Ziel zu erreichen.

Mein Telefon vibriert in meiner Tasche und ich krame es hervor. »Ja?«

»Wo bist du?« Obenko hört sich genauso frustriert an wie ich mich fühle. »Der Mannschaftsführer wird nervös. Er möchte die Grenze hinter sich gelassen haben, wenn der Kreml erfährt was passiert ist.«

»Ich bin immer noch in der Stadt und gehe zu Fuß. Der Verkehr ist unglaublich.« Schnee knirscht unter meinen Füßen, als ich den Park betrete. Sie haben sich nicht die Mühe gegeben hier zu reinigen, weshalb die Fußwege mit einer dicken Eisschicht überzogen sind.

»Scheiße.«

»Ja.« Ich versuche, nicht auf dem Eis auszurutschen während ich über einen Hundehaufen hinwegsteige. »Ich werde alles geben, um noch heute Nacht dort anzukommen, versprochen.«

»In Ordnung. Yulia …« Obenko macht eine kurze Pause. »Du weißt, dass wir das Team abziehen müssen, wenn du bis zum Morgen nicht eingetroffen bist?« Seine Stimme ist leise, fast entschuldigend.

»Das weiß ich«, antworte ich in einem ruhigen Ton. »Ich werde dort sein.«

»Gut. Mach das auf jeden Fall.«

Er beendet das Gespräch und ich gehe wegen meiner steigenden Angst schneller. Wenn die Mannschaft ohne mich fährt und ich gefangen genommen werde, bin ich so gut wie tot. Der Kreml ist nicht dafür bekannt, besonders freundlich mit Spionen umzugehen, und die Tatsache, dass unsere Organisation völlig geheim und unabhängig arbeitet, verschlimmert diese Tatsache um einiges. Die ukrainische Regierung wird nicht verhandeln um mich zurückzubekommen, weil sie keine Ahnung hat, dass ich existiere.

Ich habe den Park schon fast hinter mich gebracht, als ich betrunkenes männliches Gelächter und das knirschende Geräusch von Schuhen auf Schnee höre.

Als ich mich umschaue, erblicke ich einige hundert Meter hinter mir eine kleine Gruppe von Männern, die in ihren behandschuhten Händen Flaschen halten. Sie schwanken über die ganze Breite des Fußwegs und ihre Aufmerksamkeit ist zweifellos auf mich gerichtet.

»Hey, junge Dame«, schreit einer von ihnen lallend. »Lust, mit uns Party zu machen?«

Ich schaue weg und gehe noch schneller. Sie sind nur eine Gruppe Betrunkener, aber auch Betrunkene können gefährlich werden, wenn sie zu sechst gegen einen sind. Ich habe keine Angst vor ihnen — ich habe meine Waffe und mein Training — aber ich kann heute Abend keinen Ärger gebrauchen.

»Junge Dame«, schreit der Mann diesmal lauter. »Du bist sehr unfreundlich, weißt du das?«

Seine Freunde lachen wie ein Rudel Hyänen und der Betrunkene schreit erneut, diesmal: »Fick dich, Schlampe! Wenn du keine Party machen möchtest, dann sag es verdammt nochmal einfach!«

Ich ignoriere sie und gehe weiter, während ich meine linke Hand in meine Handtasche gleiten lasse, um vorsichtshalber nach meiner Waffe zu greifen. Als ich den Park verlasse und auf die Straße trete, werden die Stimmen leiser und ich bemerke, dass sie mir nicht mehr folgen.

Erleichtert ziehe ich meine Hand aus meiner Tasche und gehe ein wenig langsamer. Meine Beine schmerzen und ich spüre, dass sich an der Seite meiner Ferse eine Blase bildet. Meine flachen Stiefel sind bequemer als Absatzschuhe, aber sie sind nicht für drei Stunden schnellen Fußmarsch geeignet.

Jetzt befinde ich mich eher in einer Wohngegend, was gleichzeitig gut und schlecht ist. Der Verkehr hier ist besser — nur wenige Autos fahren auf der Straße an mir vorbei — aber die Straßenbeleuchtung ist schlecht und alles ist wie ausgestorben. Erneut höre ich aus einiger Entfernung männliches Gelächter und zwinge mich dazu, meine müden Muskeln zu ignorieren und wieder schneller zu gehen.

Fünf Straßen weiter sehe ich es: ein Taxi, das etwa fünfzig Meter vor mir auf der anderen Straßenseite am Bürgersteig anhält. Ein kleiner, dünner Mann steigt aus. Erleichtert schreie ich: »Halt!«, und renne zu dem Auto, während der Mann damit beginnt die Tür hinter sich zuzuschlagen.

Ich bin fast an dem Taxi als ich aus meinem Augenwinkel Lichter sehe und einen Motor aufheulen höre.

Ich reagiere innerhalb einer Millisekunde: ich werfe mich zur Seite und komme auf dem Boden auf, als ein Auto an mir vorbeirauscht. Während ich über den eisigen Asphalt rolle, höre ich, wie der Fahrer betrunken grölt — und dann schlägt etwas Hartes an die Seite meines Kopfes.

Mein letzter Gedanke, als alles um mich herum schwarz wird, ist, dass ich diese Betrunkenen doch besser erschossen hätte.

NEUNTES KAPITEL

❖ LUCAS ❖

Stimmen. Entferntes Piepen. Weitere Stimmen.

Diese Geräusche kommen und gehen, genauso wie das Rauschen in meinen Ohren. Mein Kopf fühlt sich dick und schwer an, der Schmerz umhüllt mich wie ein Laken aus Dornen.

Am Leben. Ich bin am Leben.

Diese Erkenntnis durchdringt mich langsam, phasenweise. Sie wird begleitet von einem Pochen in meinem Schädel und einer Übelkeitswelle.

Wo bin ich? Was ist passiert?

Ich strenge mich an, die Stimmen zu verstehen.

Es handelt sich um zwei Frauen und einen Mann, vermute ich wegen ihrer Stimmlagen. Sie sprechen eine fremde Sprache die ich nicht erkenne.

Meine Übelkeit verschlimmert sich, genauso wie das Pochen in meinem Kopf. Ich muss meine ganze Kraft aufwenden, um meine Augenlider zu öffnen.

Über mir flackert ein Neonlicht, dessen Helligkeit schmerzhaft ist. So unerträglich, dass ich meine Augen wieder schließe.

Eine weibliche Stimme ruft etwas und ich höre schnelle Schritte.

Eine Hand berührt mein Gesicht und Finger legen sich auf meine Lider. Als mir erneut das grelle Licht in die Augen scheint, spanne ich mich an und balle durch die Schmerzen meine Hände zu Fäusten. Ich würde jetzt instinktiv kämpfen, nach demjenigen schlagen, der mir das antut, aber irgendetwas hindert mich daran, meine Arme zu bewegen.

»Ganz ruhig.« Die männliche Stimme spricht Englisch, wenn auch mit einem starken fremden Akzent. »Das ist nur die Krankenschwester, die nach Ihnen sieht.«

Die Hand verlässt mein Gesicht und ich zwinge meine Augen dazu, trotz meiner Kopfschmerzen geöffnet zu bleiben. Alles sieht unscharf aus, aber nachdem ich einige Male geblinzelt habe, kann ich den Mann sehen, der neben meinem Bett steht.

Er trägt die Uniform eines Militäroffiziers, hat ein schlankes Gesicht mit scharfen Zügen und ich schätze, dass er Anfang fünfzig ist. Als er bemerkt, dass ich ihn anschaue, sagt er: »Ich bin Oberst Sharipov. Können Sie mir bitte Ihren Namen sagen?«

»Wo bin ich? Was ist passiert?«, frage ich mit rauer Stimme und versuche noch einmal, meine Arme zu bewegen. Ich kann es nicht - und ich bemerke, dass der Grund dafür die Handschellen sind, mit denen ich ans Bett gefesselt bin. Als ich versuche meine Beine zu bewegen, stelle ich fest, dass ich mein rechtes Bein bewegen kann, aber mein linkes nicht. An ihm befindet sich etwas Schweres und Klobiges, das es still hält und als ich daran ziehe, schreie ich vor Schmerzen auf.

»Sie befinden sich in einem Krankenhaus in Tashkent«, beantwortet mir Sharipov meine erste Frage. »Sie haben ein gebrochenes Bein und eine schwere Gehirnerschütterung. Ich würde Ihnen raten sich nicht zu bewegen.«

Tashkent. Das bedeutet, dass ich in Usbekistan bin, dem Land, das an unser eigentliches Ziel, Tadschikistan, angrenzt. Während ich das verarbeite, lichtet sich der Nebel in meinem Kopf und ich erinnere mich an das, was geschehen ist.

Die Schreie. Der Rauchgeruch.

Der Absturz.

Scheiße.

»Wo sind die Anderen?« Durch die aufsteigende Wut ziehe ich an meinen Handschellen. »Esguerra und der Rest?«

»Das werde ich Ihnen gleich sagen«, antwortet Sharipov. »Zuerst muss ich Ihren Namen wissen.«

Der hämmernde Schmerz in meinem Schädel lässt mich nicht Denken. »Lucas Kent«, knirsche ich. Es ist sinnlos zu lügen. Er sah nicht überrascht aus, als ich Esguerra erwähnt habe — was bedeutet, dass er sich bereits denken kann, wer wir sind. »Ich bin Esguerras zweiter Mann.«

Sharipov betrachtet mich. »Ich verstehe. In diesem Fall, Herr Kent, wird es Sie freuen zu hören, dass Julian Esguerra am Leben ist und sich ebenfalls in diesem Krankenhaus befindet. Er hat einen gebrochenen Arm, angeknackste Rippen und eine Kopfverletzung, die allerdings nicht ernsthaft zu sein scheint. Wir warten gerade darauf, dass er zu Bewusstsein kommt.«

Mein Kopf fühlt sich an, als würde er gleich explodieren, aber trotzdem bemerke ich meine Erleichterung. Dieser Kerl ist ein unmoralischer Mörder — manche würden auch sagen ein Psychopath — aber im Laufe der Jahre habe ich ihn kennengelernt und respektiere ihn. Es wäre eine Schande gewesen, wenn ihn eine von der Flugbahn abgekommene Rakete getötet hätte. Was mich daran erinnert —

»Was zum Teufel ist geschehen? Warum bin ich festgebunden?«

Der Oberst schaut mich fest an. »Sie sind zu ihrer eigenen Sicherheit und der der Schwestern in Handschellen, Herr Kent. Ihres Berufes wegen haben wir uns nicht wohl dabei gefühlt, das Personal einem

Risiko auszusetzen. Das hier ist ein ziviles Krankenhaus und —«

»Ernsthaft?« Ich beiße meine Zähne zusammen. »Ich verspreche, den Krankenschwestern nichts anzutun, okay? Nehmen Sie mir diese verdammten Handschellen ab. Jetzt.«

Einige Sekunden lang starren wir uns an, um den Blick des anderen zu senken. Dann macht Sharipov eine kurze, ruckartige Kopfbewegung und sagt etwas in der fremden Sprache zu einer der Schwestern. Die dunkelhaarige Frau kommt zu mir und befreit mich mit einem misstrauischen Blick von den Handschellen. Ich ignoriere sie und konzentriere mich stattdessen auf Sharipov.

»Was ist geschehen?« Ich wiederhole meine Frage in einem etwas ruhigeren Ton und führe meine Hände zusammen, um meine Handgelenke zu reiben, während die Krankenschwester zum anderen Ende des Raums flieht. Das Pochen in meinem Kopf wird durch die Bewegung schlimmer, aber ich führe meine Befragung fort. »Wer hat das Flugzeug abgeschossen und was ist mit den anderen Männern passiert?«

»Es tut mir leid, aber die genaue Ursache für den Absturz des Flugzeugs wird im Moment noch untersucht«, antwortet Sharipov. Er macht den Eindruck, als würde er sich etwas unwohl fühlen. »Es ist möglich, dass es eine … Fehlkommunikation gab.«

»Eine Fehlkommunikation?« Ich starre ihn ungläubig an. »Haben Sie auf uns geschossen? Sie wussten, dass uns eine sichere Durchreise durch dieses Gebiet versichert worden war, oder nicht?«

»Natürlich wussten wir das.« Jetzt sieht er noch unbehaglicher aus. »Das ist der Grund für unsere derzeitigen Untersuchungen. Es ist möglich, dass ein Fehler unterlaufen ist —«

»Ein Fehler?« Die Schreie, der Rauch … »Ein Scheißfehler?« Mein Kopf fühlt sich an, als sei ein Schlagzeuger in ihm eingezogen. »Wo zum Henker sind die anderen?«

Sharipov zuckt fast unmerklich zusammen. »Ich befürchte es gab außer Esguerra und Ihnen nur drei Überlebende. Sie sind noch nicht bei Bewusstsein. Ich habe gehofft, Sie könnten uns dabei helfen, sie zu identifizieren.« Er greift in seine Brusttasche und zieht sein Telefon hervor, um mir den Display zu zeigen. »Das ist der erste.«

Meine Eingeweide ziehen sich zusammen. Ich kenne den Mann auf dem Foto.

John „der Sandmann" Sanders, ein ehemaliger britischer Strafgefangener. Sehr gut mit Messern und Handgranaten. Ich habe mit ihm trainiert, mit ihm Pool gespielt. Man konnte Spaß mit ihm haben, selbst dann noch, wenn er völlig besoffen war.

Das könnte sich jetzt geändert haben. Jetzt sieht eine Hälfte seines Gesichts völlig verbrannt aus.

»Das Flugzeug ist explodiert«, erklärt Sharipov, wahrscheinlich als Antwort auf meinen Gesichtsausdruck. »Er hat fast am ganzen Körper

Verbrennungen dritten Grades. Er wird beträchtliche Hauttransplantationen benötigen — falls er überleben sollte. Wissen Sie seinen Namen?«

»John Sanders«, sage ich rau und greife nach dem Telefon. Mein Körper beschwert sich über diese Bewegung, meine Schläfen pochen wieder mit Übelkeit erregenden Schmerzen, aber ich muss die anderen sehen. Ich nehme das Telefon näher zu mir und klicke auf das nächste Foto.

Dieses Gesicht ist nahezu unerkenntlich — abgesehen von einer Narbe in der Ecke des linken Auges. Dieser Mann wurde erst kürzlich rekrutiert und ich war mir nicht sicher, ob wir ihn mit auf diese Mission nehmen sollten.

»Jorge Suarez«, sage ich ruhig bevor ich mich dem nächsten Bild zuwende.

Dieses Mal kann ich nicht einmal einen Tipp abgeben. Alles was ich sehen kann, ist verbranntes Fleisch. »Er lebt noch?« Ich blicke kurz zu Sharipov. Ich spüre, dass das Brennen meiner Eingeweide sich verschlimmert und weiß, dass es nur teilweise auf meine Gehirnerschütterung zurückzuführen ist.

Der Oberst nickt. »Er befindet sich in einem kritischen Zustand, aber er könnte durchkommen.« Ich schaue auf das nächste Bild, das den unteren Teil seines Körpers zeigt. Dieser ist weniger verbrannt.

Ich kämpfe gegen meine Übelkeit an und betrachte die haarigen Beine, die von Streifen des zerfetzten Sicherheitsanzugs bedeckt sind. Die Explosion muss die Schutzausrüstung zerstört haben; das Material kann einem kurzen Feuer widerstehen, keiner Sprengung eines Flugzeugs. Es ist schwer, allein anhand der Beine zu sagen, wer dieser Mann ist. Außer … Ich verenge meine Augen, betrachte das Foto genauer und dann sehe ich sie.

Eine Tätowierung unter einem Stück der zerrissenen Kampfbekleidung.

»Gerard Montreau«, sage ich sicher. Der junge Franzose ist im ganzen Team der einzige mit dieser Tätowierung.

Ich lasse das Telefon auf meine Brust sinken und schaue Sharipov an. »Warum bin ich nicht verbrannt? Wie konnte ich der Explosion entkommen? Und was ist mit Esguerra? Hat er —«

»Nein, ihm geht es gut«, versichert mir Sharipov. »Zumindest hat er keine Verbrennungen. Sie beide waren im Cockpit, das während des Absturzes vom Hauptkörper des Flugzeugs abgetrennt wurde. Der hintere Teil der Maschine explodierte, aber das Feuer ist nicht bis zu Ihnen durchgedrungen.«

Das Pochen in meinem Kopf wird unerträglich und ich schließe meine Augen, um diese ganzen Informationen zu verarbeiten.

Fünf Mann von fünfzig. Das ist alles, was von unserem Team übrig bleibt. Der Rest ist tot. Verbrannt oder in Stücke gerissen. Ich kann mir das Entsetzen vorstellen, als das Feuer im hinteren Teil des Flugzeugs wütete. Die Tatsache, dass es überhaupt Überlebende gibt, grenzt an ein Wunder — obwohl die drei Männer von den Bildern das vielleicht nicht so sehen werden.

Ein Fehler. Bullshit.

Ich werde dieser Sache auf den Grund gehen, aber zuerst muss ich meinen Job erledigen.

Ich zwinge mich dazu, meine Lider wieder zu öffnen und schaue durch meine Augenschlitze Sharipov an, der vorsichtig nach dem Telefon greift, das ich immer noch festhalte. Was zum Teufel denkt dieser Mann, werde ich tun? Ihn erwürgen, während ich außer Gefecht gesetzt in diesem Krankenhaus liege?

Das werde ich nicht — außer ich finde heraus, dass er für diesen „Fehler" verantwortlich ist.

»Sie müssen einige Bodyguards für Esguerra bereitstellen«, sage ich und umfasse das Telefon fester. »Es ist hier nicht sicher für ihn.«

Der Oberst schaut mich Stirn runzelnd an. »Wie meinen Sie das? Das Krankenhaus ist völlig sicher —«

»Er hat viele Feinde, unter anderem Al-Quadar, die Terroristengruppe deren Versteck sich gleich hinter Ihrer Grenze befindet. Sie müssen Schutzmaßnahmen ergreifen, und zwar jetzt sofort.«

Sharipov sieht immer noch so aus, als hätte er Zweifel, also füge ich hinzu: »Ihre Verbündeten im Kreml werden nicht erfreut sein, wenn sie erfahren, dass er in Ihrer Obhut getötet oder entführt wurde. Besonders nicht nach diesem unglücklichen Fehler.«

Sharipovs Mund spannt sich an, aber nach einem Augenblick sagt er: »In Ordnung. Ich werde einige

Soldaten hier positionieren. Sie werden sicherstellen, dass niemand Unbefugtes in die Nähe Ihres Bosses gelangt.«

»Gut. Nehmen Sie mehr als nur einige. Vierzig oder fünfzig wären gut. Diese Terroristen wollen ihn um jeden Preis.« Mein Kopf quält mich und das Bein in dem Gips beginnt auf eine Art zu schmerzen, wie es nur bei gebrochenen Knochen der Fall ist. »Ich muss auch Kontakt mit Peter Sokolov aufnehmen —«

»Wir haben bereits mit ihm gesprochen. Er weiß, wo Sie sich befinden und wird ein Flugzeug schicken, das Sie und die anderen abholt. Jetzt, bitte.« Sharipov streckt seine geöffnete Hand aus. »Geben Sie mir mein Telefon zurück, Herr Kent.«

Ich öffne meinen Mund, um darauf zu bestehen selbst mit Peter zu sprechen, aber bevor ich irgendetwas sagen kann, spüre ich einen Einstich in meinem Arm. Augenblicklich durchströmt mich eine Müdigkeit, die gleichzeitig die Schmerzen dämpft. Aus meinem Augenwinkel sehe ich, wie die Schwester mit einer Spritze in der Hand zurücktritt. »Was zum —«, beginne ich zu sagen, aber es ist bereits zu spät.

Die Dunkelheit übermannt mich und ich bekomme nichts mehr mit.

ZEHNTES KAPITEL

❖ YULIA ❖

»Ich habe Ihnen doch gesagt, dass es mir gut geht.«

Ich ignoriere die lautstarken Proteste der Krankenschwester und ziehe die Infusionsnadel aus meinem Handgelenk, bevor ich aufstehe. Mir ist schwindelig und ich habe Kopfschmerzen, aber ich muss mich in Bewegung setzen. Dem Sonnenlicht nach zu urteilen, das durch mein Krankenhausfenster einfällt, ist es bereits Morgen oder sogar später. Das Team, das mich aus dem Land schaffen sollte, ist wahrscheinlich schon weg, aber falls es doch noch da sein sollte, muss ich sofort mit Obenko Kontakt aufnehmen.

»Wo ist meine Tasche?«, frage ich die Schwester, während ich hektisch den Raum durchsuche. »Ich brauche meine Tasche.«

»Was Sie brauchen, ist Bettruhe.« Die rothaarige Schwester stellt sich vor mich und verschränkt ihre Arme vor ihrer riesigen Brust. »Sie haben eine Beule in der Größe eines Eis auf ihrem Kopf, weil sie in einen Pfosten geknallt sind, und Sie waren seit Ihrer Einlieferung gestern Abend bewusstlos. Der Arzt hat angeordnet, Sie die nächsten vierundzwanzig Stunden zu überwachen.«

Ich starre sie wütend an. Mein Kopf fühlt sich an, als würden gleich seine Nähte aufplatzen wenn er welche hätte, aber wenn ich hier bleibe, unterschreibe ich mein eigenes Todesurteil. »Wo ist meine Handtasche?«, wiederhole ich. Ich bin mir der unangenehmen Tatsache bewusst, dass ich Krankenhausbekleidung trage, aber ich werde mir später über Bekleidung — und diese höllischen Kopfschmerzen — Gedanken machen.

Die Frau rollt mit ihren Augen. »Meine Güte. Wenn ich Ihnen Ihre Tasche bringe, legen Sie sich dann hin und tun, was ich Ihnen sage?«

»Ja«, lüge ich und sehe ihr dabei zu, wie sie zu einem Schrank auf der anderen Seite des Raumes geht. Sie öffnet seine Tür, nimmt meine Gucci Tasche heraus und kommt zurück.

»Bitteschön.« Sie lässt die Handtasche in meine Hände fallen. »Und jetzt legen Sie sich hin, bevor Sie gleich umfallen.«

Ich tue was sie sagt, weil ich meine Kräfte für die bevorstehende Reise aufsparen muss. Ich bin vor weniger als zehn Minuten aufgewacht und zittere bereits durch die Anstrengung, auf eigenen Beinen zu stehen. Ich benötige wahrscheinlich medizinische Überwachung, aber dafür habe ich jetzt keine Zeit.

Ich muss aus Moskau verschwinden, bevor es zu spät ist.

Die Krankenschwester beginnt, die Laken von dem leeren Bett neben mir abzuziehen, und ich nehme mein Telefon hervor, um Obenko anzurufen.

Es ruft und ruft und ruft …

Scheiße. Er geht nicht ran.

Ich versuche es erneut. *Nun mach schon, geh ran.*

Nichts. Keine Antwort.

Langsam verzweifelt, rufe ich ihn ein drittes Mal an.

»Yulia?«

Gott sei Dank. »Ja, ich bin es. Ich bin in einem Krankenhaus in Moskau. Ich wurde beinahe von einem Auto überfahren. Aber ich verlasse es jetzt und —«

»Es ist zu spät, Yulia.« Obenkos Stimme ist ruhig. »Der Kreml weiß, was passiert ist und Buschekovs Leute suchen nach dir.«

Ein eisiger Schauer durchfährt mich. »So schnell?«

»Einer von Esguerras Leuten hat gute Kontakte in Moskau. Er hat sie mobilisiert, sobald er von der Rakete erfahren hat.«

»Scheiße.«

Die Schwester wirft mir einen bösen Blick zu, während sie die Laken auf dem leeren Bett zu einem großen Haufen zusammensammelt.

»Es tut mir leid«, sagt Obenko und ich weiß, dass er es ernst meint. »Der Teamleiter musste seine Leute hinausbringen. Es ist für uns nicht mehr sicher in Russland.«

»Natürlich«, antworte ich automatisch. »Er hat das Richtige getan.«

»Viel Glück, Yulia«, meint Obenko und ich höre das Klicken, als er auflegt.

Ich bin alleine.

* * *

Ich warte, bis die Schwester mit dem Stapel Bettwäsche das Zimmer verlässt und stehe auf, diesmal problemlos.

Die Panik, die mich durchströmt, ist stärker als jedes Schmerzmittel. Ich nehme meine Kopfschmerzen kaum wahr, als ich zu dem Schrank gehe, aus dem die Schwester meine Tasche geholt hat, um einen Blick in ihn zu werfen.

Wie ich gehofft hatte, befindet sich meine Bekleidung ebenfalls dort, fein säuberlich zusammengefaltet. Ich werfe einen schnellen Blick auf den Eingang, um mich zu versichern, dass die Tür geschlossen ist, bevor ich meinen Krankenhauskittel abstreife und die Sachen anziehe, die ich gestern getragen habe. Während ich das tue, fällt mir auf, dass nicht nur mein Kopf verletzt ist. Meine komplette rechte Körperseite ist blau und zerschrammt.

Dieser betrunkene Idiot. Ich hätte ihn und seine Hyänen-Freunde definitiv erschießen sollen, als ich die Gelegenheit dazu hatte.

Nein. Ich atme tief ein. Wütend zu sein, ist sinnlos. Es ist eine Ablenkung, die ich gerade nicht gebrauchen kann. Es besteht immer noch eine winzige Chance, dass ich es schaffe, aus Russland herauszukommen. Ich darf die Hoffnung nicht aufgeben.

Zumindest noch nicht.

Ich nehme mein Haar hoch und binde es zu einem Knoten zusammen, damit die blonden Locken weniger auffallen. Danach überprüfe ich schnell den Inhalt meiner Tasche: alles ist noch drin, abgesehen von meinem Bargeld im Portemonnaie und meiner Waffe. Aber das war zu erwarten. Ich habe schon Glück gehabt, dass die Tasche nicht gestohlen wurde, als ich bewusstlos war. In das Futter am Boden der Tasche habe ich Bargeld für den Notfall eingenäht, und da der Stoff intakt ist, gehe ich davon aus, dass die Diebe es übersehen haben.

Ich umfasse meine Tasche fest, gehe zur Tür und trete auf den Gang. Ich kann die Schwester nirgends erblicken und niemand beachtet mich auf meinem

Weg zum Fahrstuhl. Naja, ein älterer Mann in einem Rollstuhl mustert mich bewundernd von oben bis unten, aber sein Blick ist nicht misstrauisch. Er schaut einfach nur, wahrscheinlich schwelgt er in Jugenderinnerungen.

Die Türen des Fahrstuhls öffnen sich mit einem leisen „Ding" und ich trete mit einem viel zu schnell schlagenden Herzen ein. Obwohl meine Flucht bis jetzt problemlos verlaufen ist, kribbelt meine Haut und meine Instinkte warnen mich vor Gefahr.

Mein Zimmer ist im siebten Stock des Gebäudes und die Fahrt nach untern verläuft quälend langsam. Der Fahrstuhl hält in jedem Stock an, um Patienten und Krankenschwestern ein- und aussteigen zu lassen. Ich hätte die Treppen nehmen können, aber damit hätte ich unnötige Aufmerksamkeit erregt. Niemand nutzt das Treppenhaus, außer wenn es absolut notwendig ist.

Endlich öffnen sich die Türen im Erdgeschoss. Ich trete, umgeben von einigen anderen Menschen, hinaus — und in diesem Moment sehe ich sie.

Drei Polizisten, die gerade in den Fahrstuhl auf der anderen Seite der Eingangshalle steigen.

Scheiße. Ich ziehe meinen Kopf ein und krümme meine Schultern nach unten, um kleiner auszusehen. *Schau nicht zu ihnen. Schau nicht zu ihnen.* Ich richte meinen Blick auf den Boden und bleibe nahe bei dem großen, kräftigen Mann, der vor mir aus dem Fahrstuhl gestiegen ist. Er läuft langsam und ich tue das Gleiche, damit es so aussieht, als würde ich zu ihm gehören.

Sie suchen nach einer einzelnen Frau, nicht nach einem Paar.

Zum Glück geht mein ahnungsloser Begleiter Richtung Ausgang, und weil sich um uns herum so viele andere Menschen befinden, schenkt er mir kaum Aufmerksamkeit. Seine mächtige Statur bietet mir ein wenig Deckung, die ich so gut ich kann ausnutze, indem ich meine gekrümmte Haltung beibehalte.

Gehe schneller. Jetzt komm schon, gehe schneller, bitte ich den Mann in Gedanken. Jeder Muskel in meinem Körper ist wegen meines Drangs zu rennen angespannt, aber das würde jede Chance zunichtemachen, dieses Krankenhaus unbemerkt zu verlassen. Ich weiß allerdings auch, dass ich innerhalb der nächsten zwanzig Minuten aus dem Gebäude verschwunden sein muss. Sobald diese Polizisten bemerken, dass ich mich nicht mehr in der siebenten Etage befinde, werden sie das ganze Krankenhaus in Alarmbereitschaft versetzen.

Endlich kommen der Mann und ich am Ausgang an und ich sehe, dass ein Taxi am Straßenrand anhält.

Ja! Ich habe mir ein bisschen Glück verdient.

Ohne einen weiteren Blick lasse ich den Mann hinter mir, eile zum Taxi und steige genau in dem Moment ein, in dem die Frau, die mit ihm kam, aussteigt. »Zum Lubyanka Bahnhof, bitte«, sage ich zu dem Fahrer, sobald sich die Tür schließt. Ich sage das, falls die Frau auf meine Worte achtet. Sollte sie später befragt werden, wird sie ihnen meine vermutliche Richtung sagen und meine Spuren ein wenig verwischen.

Der Fahrer nickt und fährt vom Bordstein weg. Als wir uns auf dem Weg befinden, meine ich: »Oh, ich habe ganz vergessen, dass ich etwas am Azimut Moscow Olympic Hotel abholen soll. Können sie mich bitte dort absetzen?«

Er zuckt mit den Schultern. »Natürlich, kein Problem. Sie zahlen und ich fahre sie zu dem Ort ihrer Wahl.«

»Danke.« Ich lasse mich gegen die Rückenlehne fallen. Ich habe zu viel Angst um mich völlig zu entspannen, aber ein Großteil der Anspannung fällt von mir ab. In diesem Moment, bin ich in Sicherheit. Ich habe etwas Zeit gewonnen. In der Nähe dieses Hotels gibt es eine Autovermietung. Sobald ich dort ankomme, werde ich mir eine Verkleidung und ein Auto suchen. Sie werden die Flughäfen, Züge und öffentlichen Verkehrsmittel überwachen, aber es besteht eine winzige Möglichkeit, dass ich es irgendwie bis zur ukrainischen Grenze schaffen kann, wenn ich über Nebenstraßen fahre.

Die Fahrt scheint ewig zu dauern. Der Verkehr ist schlimm, aber nicht so furchtbar wie gestern. Allerdings kommen dadurch, dass der Fahrer dauernd bremst und beschleunigt — und dem Nachlassen der betäubenden Wirkung des Adrenalins — meine

Kopfschmerzen mit voller Wucht zurück, genauso wie die Schmerzen der Prellungen und Abschürfungen. Zur Krönung des Ganzen bemerke ich außerdem eine knurrende Leere in meinem Magen und eine staubige Trockenheit in meinem Mund.

Natürlich. Ich habe seit gestern Nachmittag weder etwas gegessen, noch getrunken.

Um mich von meinem Elend abzulenken, denke ich an Misha, so wie er auf dem letzten Foto aussah, das mir Obenko geschickt hat. Mein kleiner Bruder hatte seinen Arm um ein hübsches, braunhaariges Mädchen gelegt — seine derzeitige Freundin, laut Obenko. Das Mädchen hat Misha mit einer Bewunderung angeschaut, die schon fast an Anbetung grenzte, und er hat so stolz ausgesehen, wie ein Teenager nur aussehen kann.

Für dich, Misha. Ich schließe meine Augen, um das Bild in meinem Kopf festzuhalten. *Du bist es wert.*

»Oh, das ist nicht gut«, murmelt der Fahrer, und als ich meine Augen öffne, sehe ich, dass die Autos vor uns angehalten haben. »Ich frage mich, ob es einen Unfall gegeben hat.« Er kurbelt das Fenster hinunter und steckt seinen Kopf hinaus, um nach vorne zu schauen.

»Gab es einen Unfall?«, frage ich resigniert. Es scheint so, als würden sich alle Schicksale verschworen haben, mich in Moskau festzuhalten. Es reicht nicht aus, dass Moskau einen solch brutalen Winter hat, dass die feindlichen Armeen dezimiert werden; jetzt gibt es hier auch noch einen Verkehr, der Spione festhält.

»Nein«, antwortet der Fahrer und zieht seinen Kopf ins Auto zurück. »Es sieht nicht danach aus. Ich meine, dort stehen einige Polizeiautos, aber ich kann keine Krankenwagen sehen. Es könnte eine Blockade sein oder sie haben jemanden erwischt — «

Ich bin aus dem Auto raus noch bevor er zu Ende gesprochen hat.

»Hey«, schreit er, aber ich renne bereits Zickzack durch die stehenden Autos. Welche Beschwerden ich bis eben noch gehabt haben sollte, sie sind alle verschwunden, sind von einer starken Angstwelle weggeschwemmt worden.

Eine Polizeiblockade. Irgendwie haben sie meinen Aufenthaltsort eingegrenzt — oder vielleicht haben sie auch einfach alle größeren Straßen in der Hoffnung gesperrt, mich zu fangen. Wie dem auch sei, ich habe verloren, wenn ich diese Stadt nicht verlassen kann.

Mein Herz pocht in einem schweren Staccato, als ich die Straße entlanglaufe um zu einer kleinen Gasse zu gelangen, die ich gerade aus dem Taxi gesehen habe. Sie werden Probleme haben, mir dort mit einem Auto zu folgen, und mit etwas Glück kann ich ihnen lange genug aus dem Weg gehen, um ein anderes Taxi zu finden.

Alles, was mir mehr Zeit verschafft, ist gut.

Hinter mir höre ich Schüsse und das Geräusch schneller Schritte. »Bleiben Sie stehen!«, schreit eine männliche Stimme. »Bleiben Sie sofort stehen! Sie sind verhaftet!«

Ich ignoriere die Anweisung und werde stattdessen schneller. Die kalte Luft schmerzt in meinen Lungen, als ich meine Beinmuskeln an ihre Grenzen treibe. Ich kann die Gasse bereits deutlich sehen, eng und dunkel, und ich zwinge mich dazu, in der gleichen Geschwindigkeit weiterzurennen, ohne einen Blick nach hinten zu werfen.

»Bleiben Sie stehen oder ich werde schießen!« Die Stimme hört sich weiter entfernt an, was mir einen Funken Hoffnung gibt. Vielleicht kann ich meinem Verfolger entkommen. Ich war schon immer ein schneller Läufer, da ich mit meinen langen Beinen einen Vorteil gegenüber kleineren Menschen habe.

Ein Schuss ertönt, eine Kugel saust an mir vorbei und bleibt im Gebäude vor mir stecken.

Scheiße. Er schießt wirklich. Ich weiß nicht, warum mich das so sehr überrascht. Die Polizisten in Moskau sind nicht gerade dafür bekannt, sich um die Einwohner zu kümmern, die sie eigentlich beschützen sollten. Sie sind ein Werkzeug ihrer korrupten Regierung, nichts weiter. Es sollte mich nicht wundern, dass sie das Leben von unschuldigen Menschen aufs Spiel setzen, um mich zu fangen.

Ein weiterer Schuss und etwa einen Meter vor mir explodiert der Schnee auf dem Boden. Ich höre entsetzte Schreie und sehe, wie Menschen schutzsuchend zum Bürgersteig springen.

Ich ignoriere mein Mitgefühl und renne in die kleine Gasse. Genau vor mir stehen zwei große

Müllcontainer und hinter ihnen schlängelt sich eine Feuerleiter die Seite des Gebäudes hinauf.

Ein dritter Schuss und die Kugel prallt vom Container ab und trifft mich dabei fast. Der Polizist, oder wer auch immer mich jagt, ist ein guter Schütze.

Ich bin fast an der Leiter und springe so hoch ich kann, um mit meinen Händen die unterste Sprosse zu umfassen. Danach nutze ich den Schwung meines Sprungs, um meine Beine in die Höhe zu schwingen und die Metallstange mit meinen Füßen zu umfassen. Danach lege ich meine Knie um die Stange und ziehe mich mit aller Kraft nach oben, um die nächste Sprosse der Leiter mit meiner linken Hand zu umgreifen. Ich schaffe es und ziehe mich in eine Sitzposition, bevor ich anfange, hinaufzuklettern.

Ein weiterer Schuss und die Wand vor mir explodiert, wodurch Backsteinsplitter in alle Richtungen fliegen.

Scheiße, Scheiße, Scheiße. Ich klettere die Leiter hoch so schnell ich kann, ohne auf den vereisten Sprossen auszurutschen. Unter mir höre ich laute Stimmen und Flüche, bevor die Leiter erzittert, als eine weitere Person auf sie springt.

Ich nehme an, dass sie beschlossen haben, mich lebend zu ergreifen.

Ich blicke nicht nach unten, während ich meinen gefährlichen Aufstieg fortsetze. Ich habe Höhen noch nie gemocht, also stelle ich mir vor, es sei eine Übung während des Trainings und eine dicke Matte läge unter mir. Auch wenn ich fallen sollte, würde mir nichts passieren. Natürlich ist das eine Lüge, aber durch sie kann ich weitermachen, auch wenn mein Herz mir höher als nur bis zum Hals schlägt.

Schneller als erwartet erreiche ich das Dach und springe von der Leiter auf die flache Oberfläche. Das Gebäude, auf dem ich mich befinde, ist wie ein Viereck gebaut, mit einem Loch in der Mitte für einen großen Hof — die typische Architektur der Sowjet-Ära, die die ganze Straße geformt hat. Ich halte lange genug inne, um eine Leiter am anderen Ende des Vierecks auszumachen, und dann renne ich los, um zu ihr zu gelangen.

»Bleiben Sie stehen«, schreit erneut jemand, und mich überkommt Angst, als mir klar wird, dass sie schon hier oben sind, mir dicht auf den Fersen. Ich muss mich einfach umdrehen um einen Blick hinter mich zu werfen und sehe, dass zwei Männer mich verfolgen. Die tragen Polizeiuniformen und einer von ihnen hält eine Waffe in seiner Hand. Beide Männer sind groß und offensichtlich schnell und kräftig. Ich werde sie nicht lange abhängen können.

Ich ändere meinen Plan, werde um einiges schneller und benutze meinen Vorsprung von zwei Sekunden, um mich hinter einem Betonschornstein zu verbergen. Ich lehne mich an ihn, schnappe nach Luft und versuche verzweifelt, dabei keine Geräusche von mir zu geben.

Drei Sekunden später höre ich die Schritte der Männer.

Es ist an der Zeit, in die Offensive zu gehen.

Als der erste Polizist auf mich zukommt, strecke ich meinen Fuß aus. Er stolpert laut fluchend und ich höre, wie seine Waffe über das vereiste Dach rutscht.

Der Schütze liegt unbewaffnet am Boden.

Bevor sein Partner die Möglichkeit bekommt zu reagieren, springe ich, mit meiner rechten Hand zu einer Faust geballt, vor ihn. Er duckt sich automatisch nach links als ich aushole, und ich benutze meine Schwungkraft, um mit meiner linken Hand zuzuschlagen.

Sie trifft sein Kinn und er stolpert vor Schmerzen aufstöhnend nach hinten. Ohne innezuhalten schmeiße ich mich in Richtung der Waffe und sehe, dass der andere Polizist das Gleiche tut.

Wir stoßen zusammen und einen Augenblick lang berühren meine Finger die Waffe.

Ja! Ich ergreife sie und drücke ab, als der Polizist versucht sich, auf mich zu schmeißen.

Er schreit, umfasst seine Schulter und ich kann ihn von mir wegdrücken, weil das Adrenalin mir übermenschliche Kräfte verleiht. Ich bin schon fast wieder auf meinen Knien, als der zweite Polizist sich auf mich wirft und seine Hand brutal mein Handgelenk umfasst.

»Lass die Waffe fallen, Schlampe«, zischt er und in diesem Moment höre ich weitere Schritte.

»Hast du sie, Sergey?«, ruft ein Mann und ich sehe, dass fünf weitere Polizisten mit gezogenen Waffen auftauchen.

Es ist sinnlos, weiterzukämpfen, also lasse ich meine Waffe los. Sie fällt mit einem dumpfen Geräusch auf das Dach, während Sergey mich herumdreht und meine Handgelenke mit Handschellen auf meinem Rücken sichert.

Sie haben mich gefasst.

Jetzt kann ich die Hoffnung aufgeben.

ELFTES KAPITEL

❖ LUCAS ❖

»Sie haben was?«

Meine Stimme ist ein tiefes Zischen als ich mich hinsetze und die Krankenschwester ignoriere, deren Hände um mich herumschwirren, um mich dazu zu bringen, ruhig liegenzubleiben. Die Wut, die in mir aufsteigt, lässt alle Reste der Benommenheit, die ich durch die Medikamente verspürt habe, verschwinden. Ich weiß nicht, wie lange ich weg war, aber offensichtlich war es zu lange.

»Die Terroristen haben das Krankenhaus vor einigen Stunden angegriffen«, wiederholt Sharipov mit angespanntem und müdem Gesicht. »Es sieht so aus als hätten wir ihre Fähigkeiten unterschätzt — und ihren

Wunsch, an Ihren Boss heranzukommen. Wir haben seinen Körper nicht zwischen den Leichen gefunden, also nehmen wir an, dass sie ihn mitgenommen haben.«

»Sie haben Esguerra?« Ich muss meine ganze Selbstbeherrschung aufbringen, um nicht aus dem Bett zu springen und den Oberst mit meinen bloßen Händen zu erwürgen — die nicht wieder gefesselt worden sind, wie mir nebenbei auffällt. »Sie haben es verdammt nochmal zugelassen, dass sie ihn entführen? Ich habe Ihnen gesagt, ihn mit Wachpersonal zu schützen —«

»Das haben wir. Wir hatten einige unserer besten Soldaten als Wachen —«

»Einige? Es hätten einige Dutzend sein müssen, ihr verfluchten Idioten!«

Die Krankenschwester zuckt zusammen als ich brülle und springt schnell aus meiner Reichweite. Clevere Frau. In diesem Moment würde ich auch sie gerne erwürgen.

Sharipovs Kiefer spannt sich an. »Wie gesagt, wir haben diese bestimmte Terroristenorganisation unterschätzt. Wir werden diesen Fehler nicht wiederholen. Es war ein Blutbad. Sie haben Dutzende von Patienten und Angestellten des Krankenhauses auf ihrem Weg nach draußen verwundet und alle Soldaten, die zur Bewachung abgestellt waren, getötet.«

»Scheiße.« Ich boxe so stark in die Matratze, dass das Kissen in die Höhe schnellt. »Konnten Sie ihnen wenigstens folgen?« Majid wäre nicht so dumm, Esguerra zu der Al-Quadar Festung im Pamir Gebirge zu schaffen; er muss verstanden haben, dass wir diesen Ort gefunden haben.

Sharipov tritt vorsichtshalber zurück. »Nein. Wir haben sofort die Polizei verständigt und nach Verstärkung verlangt, aber die Terroristen waren verschwunden, bevor wir am Krankenhaus ankamen.«

»Scheiße.« Hätte ich nicht diesen Gips am Bein, wäre ich bereits aus dem Bett gesprungen und hätte dem Oberst in sein resigniertes Gesicht geschlagen. Aber da ich ihn habe, muss ich mich damit zufrieden geben, erneut in die billige Matratze zu boxen. Mein Kopf pocht von dieser starken Bewegung, aber das ist mir scheißegal.

Esguerra wurde entführt, während ich betäubt und bewusstlos in meinem Bett lag.

Ich habe meinen Job vermasselt, richtig vermasselt.

»Geben Sie mir das Telefon«, sage ich, als ich mich soweit beruhigt habe, dass ich wieder sprechen kann. »Ich muss mit Peter Sokolov reden.«

Sharipov nickt und zieht das Handy aus seiner Hosentasche. »Bitte.« Er hält es mir vorsichtig hin. »Wir haben schon mit ihm gesprochen, aber Sie können ihn gerne selbst anrufen.«

Ich kämpfe gegen meinen Drang an, mir Sharipovs Hand zu schnappen und seinen Arm zu brechen, nehme das Telefon und gebe die Nummern für eine sichere Verbindung ein, die mich durch einige Relais leitet. Zu meinem Ärger nimmt Peter nicht ab.

Sharipov beobachtet mich, also verberge ich meine Frustration und versuche es erneut. Und erneut. Und erneut.

»Ich werde in einigen Minuten zurück sein«, meint Sharipov bei meinem fünften Versuch. »Kontaktieren Sie, wen immer Sie kontaktieren müssen.«

Er verlässt das Zimmer und ich versuche weiterhin, mit steigender Wut und Besorgnis, Peter zu erreichen. Esguerras russischer Sicherheitsberater hat sein Telefon immer bei sich, und ich habe keine Ahnung, warum er jetzt nicht rangeht. Gab es einen Anschlag auf Esguerras Anwesen in Kolumbien? Diese Möglichkeit lässt mich rot sehen.

Als ich fast so weit bin aufzugeben, steht die Verbindung. »Ja?« Die Stimme mit dem leichten Akzent gehört unverkennbar zu Peter Sokolov.

»Ich bin es, Kent.«

»Lucas?« Der Russe hört sich überrascht an. »Du bist wach?«

»Zur Hölle, ja, ich bin wach. Wo bist du? Warum bist du nicht ans Telefon gegangen?«

In der Leitung wird es kurz still. »Ich bin gerade in Chicago gelandet.«

»Was?« Das ist das letzte, was ich zu hören erwartet hatte. »Warum?«

»Esguerras Frau. Sie will als Köder für die Al-Quadar fungieren.«

»Was?« Ich springe trotz des verdammten Gipses fast aus meinem Bett.

»Ja, ich weiß. Ich habe genauso reagiert. Aber Esguerra, der besessene Bastard, hat Tracker in sie implantieren lassen. Wenn sie sie schnappen, um sie als Druckmittel gegen Esguerra einzusetzen, wissen wir, wo sie sich aufhalten.«

»Scheiße.« Dieser Plan ist brillant, aber höllisch gefährlich. Wenn die Terroristen diese Tracker in ihr finden, wird Esguerras hübsche kleine Frau um ihren Tod betteln. Und sollte Esguerra diese Sache überleben, wird er Peter langsam und qualvoll dafür zerstückeln, das Mädchen auf diese Weise benutzt zu haben. »Das war Noras Idee?«

»Das war sie.« Ich kann einen Hauch von Bewunderung aus der kühlen Stimme des Russen heraushören. »Ich weiß nicht, womit er sie an sich fesselt, aber sie ist fest entschlossen. Ich wollte dem Plan zuerst nicht zustimmen, aber sie hat mich überzeugt.«

Ich atme tief ein und lasse die Luft langsam wieder heraus. Ich sollte überrascht sein — schließlich hat Esguerra das Mädchen entführt — aber ich bin es nicht. Wie auch immer ihre Beziehung begonnen hat, es ist ganz offensichtlich, dass das, was sich zwischen den beiden abspielt, auf Gegenseitigkeit beruht. Ich bin versucht, auf Peter loszugehen, weil er gegen Esguerras Anweisungen handelt, aber das wäre eine Verschwendung von Zeit und Energie. Was er in

Bewegung gesetzt hat, kann nicht mehr rückgängig gemacht werden. »Also, wie sieht der Plan genau aus?«, frage ich stattdessen. »Wirst du in Chicago bleiben, um sicherzugehen, dass sie den Köder schlucken?«

»Nein, ich werde sofort nach Tadschikistan weiterfliegen. Das Rettungsteam ist bereits auf dem Weg dorthin. Sobald Majids Männer sie zu ihrem Versteck bringen, werden wir sie befreien — und Esguerra.«

»Du weißt, dass er sie vielleicht gar nicht zu ihm bringt. Ein Video, auf dem zu sehen ist, dass sie gefoltert wird, wäre genauso effektiv wie eine live-Aufführung.«

»Ich weiß.«

Natürlich tut er das. Genau wie ich, ist er an Spiele um Leben und Tod gewöhnt. Ich könnte jetzt bis in alle Ewigkeit die Risiken aufzählen, aber es würde nichts ändern. Der Plan wird entweder funktionieren oder schiefgehen, ohne dass ich Einfluss darauf habe.

»Hast du herausgefunden, was passiert ist?«, frage ich und wechsele damit das Thema. »Sharipov meinte, auf ihrer Seite könne ein Fehler unterlaufen sein.«

»Ein Fehler?« Ich kann Peters abwertendes Schnauben durch die Leitung hören. »Eher zu lockere Sicherheitsvorkehrungen. Einer ihrer Offiziere stand jahrelang auf der Gehaltsliste der Ukrainer und die Idioten hatten keine Ahnung davon, bis er die Rakete auf euer Flugzeug gefeuert hat.«

»Ukraine?« Das ergibt Sinn; dadurch, dass Esguerra sich mit den Russen verbündet hat, würden die Ukrainer ihn töten wollen. Aber ... wie haben sie so schnell von unserer Unterhaltung erfahren? Wurde das Restaurant in Moskau abgehört? Hat Buschekov ein doppeltes Spiel gespielt? Oder hat—

»Es war die Übersetzerin«, sagt Peter und spricht damit meine nächste Vermutung aus. »Ich habe sie in Moskau festnehmen lassen, sobald ich herausgefunden habe was passiert ist.«

Ein lautes Piepen ertönt in meinem Ohr und ich bemerke, dass ich das Telefon so stark zusammendrücke, dass ich fast einen der Lautstärkeregler zerquetscht hätte.

»Was zum Teufel —«

»Es tut mir leid. Ich bin auf den falschen Knopf gekommen.« Meine Stimme ist kalt und äußerlich ruhig, obwohl kochende Lava durch meine Adern fließt. »Die Übersetzerin ist eine ukrainische Spionin?«

»Es sieht ganz danach aus. Wir sind noch dabei ihren Hintergrund auszugraben, aber bis jetzt scheint mindestens die Hälfte ihrer Identität erfunden zu sein.«

»Ich verstehe.« Ich zwinge mich dazu, meine Finger zu entspannen, bevor ich das Telefon komplett zerdrücke. »Deshalb konnten sie so schnell agieren.«

»Ja. Sie haben irgendwie herausbekommen, wann genau ihr den usbekischen Luftraum durchqueren würdet und haben ihren Agenten dort kontaktiert.«

Das Telefon gibt ein weiteres verärgertes Piepen von sich, als sich meine Hand ungewollt erneut zusammenballt. Ich weiß ganz genau, wie sie die Zeit abschätzen konnten. Ich selbst habe der verdammten Spionin unsere Abflugzeit verraten.

»Lucas?«

»Ja, ich bin noch dran.« Ich kann mich nicht an das letzte Mal erinnern, an dem ich so wütend gewesen war. Yulia Tzakova - wenn das überhaupt ihr wahrer Name ist — hat mich an der Nase herumgeführt. Ihr anfängliches Zögern, ihr Hauch von Unschuld — das alles war nur gespielt gewesen. Wahrscheinlich hatte sie gehofft, an Esguerra heranzukommen, und als das nicht geklappt hat, hat sie sich mit mir zufrieden gegeben.

»Ich muss jetzt los«, sagt Peter. »Ich werde mich bei dir melden, wenn wir landen. Ruhe dich ein wenig aus und werde wieder gesund; du kannst gerade nichts Anderes tun. Ich werde dich über alle Entwicklungen auf dem Laufenden halten.«

Er beendet das Gespräch und ich zwinge mich dazu, mich hinzulegen, da sich meine Kopfschmerzen durch die brennende Wut verschlimmert haben.

Sollte mir Yulia Tzakova jemals wieder über den Weg laufen, wird sie dafür büßen.

Sie wird für alles büßen.

* * *

Ich bin immer noch außer mir vor Wut, als Sharipov zurückkehrt und sein Telefon wiederhaben möchte. Als er sich meinem Bett nähert, setzte ich mich hin und starre ihn wütend an. »Ein verdammter Fehler, ja?«

Der Oberst hebt seine Hand und reibt sich seinen Nasenrücken. »Wir verhören den verantwortlichen Offizier gerade. Es ist noch nicht klar ob —«

»Bringen Sie mich zu ihm.«

Sharipov sieht bestürzt aus und lässt seine Hand sinken. »Das kann ich nicht tun«, sagt er. »Das ist eine Angelegenheit unseres Militärs.«

»Ihr Militär hat es dieses Mal so richtig versaut. Ihr Verantwortlicher für das Raketenverteidigungssystem war ein Verräter.«

Der Oberst öffnet seinen Mund, aber ich unterbinde seine Einwände. »Bringen Sie mich zu ihm«, verlange ich erneut. »Ich muss ihn persönlich befragen. Ansonsten bleibt mir nichts anderes übrig, als anzunehmen, dass weitere Personen innerhalb Ihres Militärs oder Ihrer Regierung in diesen Raketenanschlag verwickelt waren.« Ich mache eine Pause. »Und vielleicht sogar in den Terroristenanschlag im Krankenhaus.«

Sharipovs Augen weiten sich, als er meine unterschwellige Drohung hört. Sollte herauskommen, dass die usbekische Regierung Verbindungen zu einer terroristischen Organisation wie Al-Quadar unterhält, könnte das für dieses Land fatale Folgen haben. Es würde mich nicht überraschen, wenn der Oberst von unseren Beziehungen zu den USA und Israel wüsste. Sollte er mir die Möglichkeit verweigern, einen Offizier zu verhören, der ein Verräter ist, könnte sich die usbekische Regierung die mächtige Esguerra Organisation zum Feind machen und weltweit in dem Ruf stehen, sich mit Terroristen zu verbünden.

»Das muss ich mit meinen Vorgesetzten besprechen«, erwidert Sharipov nach einem Augenblick. »Bitte geben Sie mir mein Telefon.«

Ich reiche es ihm und beobachte ihn dabei, wie er bereits im Hinausgehen eine Nummer wählt. Während ich auf seine Rückkehr warte, bin ich mir bereits sicher, wie die Entscheidung lauten wird — und ich habe recht. Als Sharipov mein Zimmer betritt sagt er: »In Ordnung, Herr Kent. Wir werden unseren Offizier innerhalb der nächsten Stunde hierher bringen. Sie können mit ihm sprechen, aber das ist alles. Unser Militär wird sich danach um ihn kümmern.«

Ich werfe ihm einen grimmigen Blick zu. Das Einzige, um was sich das Militär bei diesem Verräter noch kümmern wird, ist sein Leichnam, aber das muss Sharipov zu diesem Zeitpunkt noch nicht wissen. »Bringen Sie ihn«, ist das einzige, was ich erwidere bevor ich mich hinlege und meine Augen in der Hoffnung schließe, dass meine pochenden Kopfschmerzen innerhalb der nächsten Stunde nachlassen werden.

Ich kann zwar der Übersetzerin gerade nichts antun, aber ich werde einen Teil meiner Rachegelüste mit Sicherheit an diesem Verräter ausleben.

* * *

Als der Mann eintrifft, geben mir die Krankenschwestern Krücken und führen mich zu einem anderen Raum des Krankenhauses. Ich benötige einige Minuten, um den Dreh herauszubekommen, wie ich mit den Krücken gehen muss, und die verdammten Kopfschmerzen sind nicht gerade hilfreich. Als ich endlich an meinem Ziel ankomme, sehe ich den Kerl auf einem Bett sitzen, an dessen einer Seite Oberst Sharipov und auf der anderen ein mit einer M16 bewaffneter Soldat stehen.

»Das ist Anton Karimov, der Offizier der für den unglücklichen Unfall mit Ihrem Flugzeug verantwortlich ist«, sagt Sharipov, als ich zu Ihnen humpele. »Sie können alle Fragen stellen, die Sie haben. Sein Englisch ist nicht so gut wie meins, aber er sollte Sie verstehen.«

Eine der Schwestern holt einen Stuhl herbei und ich nehme auf ihm Platz, um den extrem schwitzenden Mann vor mir eingehend zu betrachten. Karimov ist Anfang vierzig, füllig, mit einen schwarzen Schnauzbart und große Geheimratsecken. Er trägt immer noch seine Uniform und ich kann sehen, dass seine Schweißränder bis zu seinen Unterarmen reichen.

Er ist nervös. Nein, mehr als das.

Er ist Panik erfüllt.

»Wer hat Sie bezahlt?«, frage ich, als die Krankenschwestern den Raum verlassen haben. Ich beschließe, die Befragung leicht zu beginnen, da dieser Mann wahrscheinlich nicht allzu schwer zu knacken ist. »Wer hat Ihnen den Auftrag erteilt, unser Flugzeug abzuschießen?«

Karimov zuckt sichtlich zusammen. »N-Niemand. Mir ist ein Fehler unterlaufen. Ich habe die Steuerung gereinigt —«

Ich unterbreche ihn, indem ich eine meiner Krücken anhebe und ihr Ende auf seinen Schritt lege. Obwohl ich nur einen leichten Druck auf seine Hoden ausübe, erblasst der Mann sichtlich.

»Wer hat Ihnen die Anweisung gegeben, unser Flugzeug abzuschießen?«, wiederhole ich und blicke ihn dabei an. Ich sehe, dass Sharipov nicht ganz wohl bei meiner Befragungsmethode ist, aber ich ignoriere ihn. Stattdessen drücke ich den Holzstab nach vorne, um den Druck auf Karimov zu erhöhen.

»N-Niemand«, stöhnt dieser und rückt weiter nach hinten, um der Reichweite meiner Krücke zu entfliehen. »Ich reinigte die —«

Ich werfe mich nach vorne. Ihm entfährt ein hohes Quieken, als ich seine Eier mit meinem Stock an der

Matratze festnagele. »Hören Sie verdammt nochmal auf, mich anzulügen. Wer hat sie bezahlt?«

»Herr Kent, das ist nicht akzeptabel«, greift Sharipov ein und tritt zwischen mich und den Gefangenen. »Wie wir gesagt haben, nur Fragen. Wenn Sie nicht aufhören —«

Bevor er zu Ende gesprochen hat, bin ich bereits auf meine Füße gesprungen und stütze mich auf eine der Krücken, während ich mit der anderen den Soldaten schlage. Er hebt gerade seine M16 an, als ich ihn bereits am Knie treffe, er nach vorne stürzt und ich mir seine Waffe schnappen kann. Nach einer weiteren Sekunde habe ich das Sturmgewehr bereits auf Sharipov gerichtet.

»Raus«, befehle ich und deute mit einer ruckartigen Bewegung meines Kinns auf die Tür. »Sie und der Soldat. Verschwinden Sie.«

Sharipov tritt mit einem geröteten Gesicht zurück. »Ich weiß nicht, was Ihnen gerade einfällt —«

»Raus.« Ich hebe die Waffe an, um sie auf den Punkt zwischen seinen Augen zu richten. »Jetzt.«

Sharipovs Kiefer spannt sich an, aber er tut das, was ich ihm sage. Der Soldat folgt ihm humpelnd und wirft mir noch einen giftigen Blick über seine Schulter zu. Ich zweifele nicht daran, dass sie mit Verstärkung zurückkommen werden, aber dann wird es bereits zu spät sein.

Sobald sich die Tür hinter ihnen schließt, wende ich meine Aufmerksamkeit wieder Karimov zu. »Und jetzt«, sage ich in einem nahezu freundlichen Ton, während ich die Waffe auf den Verräter richte. »Wo waren wir stehengeblieben?«

Die Augen des Mannes sehen angsterfüllt aus. »Mir — mir ist ein Fehler unterlaufen. Das habe ich Ihnen schon gesagt. Niemand hat mich bezahlt. Niemand —«

Ich drücke ab und sehe dabei zu, wie die Kugeln das Knie des Mannes durchlöchern. Die Schüsse und das daraus resultierende Schreien verschlimmern meine Kopfschmerzen, was mich noch wütender macht. »Ich habe Ihnen gesagt, mich nicht anzulügen«, brülle ich, als die Schreie ein wenig leiser werden. »Also, wer hat Sie bezahlt?«

»D-Das weiß ich nicht!« Er schluchzt und umklammert sein Knie, aus dem Blut in das Krankenhausbett sickert. »Es war alles per E-Mail! Alles per E-Mail.«

»Was für eine E-Mail?«

»M-Mein Yahoo! Sie überweisen seit Jahren Geld auf mein Konto und bitten mich um Gefallen. K-Kleine Gefallen. Ich treffe sie nicht. Treffe sie nie — «

»Sie wissen nicht, wer sie sind?«

»N-Nein«, schluchzt er und versucht seine Blutung mit seinen dicken Händen zu stoppen. »Ich weiß nichts, ich weiß nichts, ich weiß nichts …«

Scheiße. Ich bin geneigt, dem Mann zu glauben. Er ist zu feige, um sie nicht zu verraten, um seine eigene Haut zu retten, und sie wissen es wahrscheinlich besser, als ihm zu trauen. Wir werden seinen E-Mail Account hacken, aber ich bezweifle, dass wir viele Hinweise finden werden.

Als ich auf dem Flur Schüsse und schnelle Schritte höre, drücke ich die Waffe gegen Karimovs schweißige Stirn. »Letzte Chance«, sage ich grimmig. »Wer sind sie?«

»Ich weiß nicht!« Sein Aufheulen ist verzweifelt und ich weiß, dass er die Wahrheit sagt. Er weiß wirklich nichts, und genau das macht ihn nutzlos. Ich bin versucht, ihn am Leben zu lassen, damit Esguerra und Peter noch ein wenig Spaß mit ihm haben können, aber es wird zu aufwendig sein, ihn aus dem Land zu bringen.

Das bedeutet, dass ich nur noch eine Sache tun kann.

Ich drücke ab, um Karimov mit Kugeln zu durchlöchern und sehe dabei zu, wie sein Körper gegen die Wand knallt und Blut und Gehirnmasse in alle Richtungen spritzen. Danach senke ich die Waffe, atme einige Male tief ein und versuche, das schmerzhafte Pochen in meinem Kopf zu beruhigen.

Als Sharipovs Soldaten einige Sekunden später in den Raum stürmen, sitze ich im Stuhl und die leere Waffe liegt zu meinen Füßen.

»Ich entschuldige mich für das Chaos«, sage ich und stütze mich auf die Krücken, um aufzustehen. »Selbstverständlich werden wir die Kosten für die Reinigung des Zimmers übernehmen.«

Ich ignoriere das Entsetzen auf allen Gesichtern und beginne, zur Tür zu humpeln.

ZWÖLFTES KAPITEL

❖ YULIA ❖

»Welcher Organisation gehören Sie an?« Buschekov lehnt sich nach vorne und seine Augen durchdringen mich mit der Intensität einer Schlange, die ihre Beute hypnotisiert.

Ich starre zurück zu dem russischen Politiker, ohne seine Frage wirklich zu hören. Ich kann mich nicht entscheiden, ob seine Augen eine gelblich graue Farbe haben oder eher einen hellen Haselnusston; welche Farbe seine Iris auch immer hat, sie verschmilzt mit dem gelblichen Grau um sie herum, weshalb seine Augen so aussehen, als seien sie farblos. Überhaupt ist alles an Arkady Buschekov gelblich grau, angefangen von der Farbe seiner Haut bis hin zu dem dünnen

Haar, das an seinen durchschimmernden Schädel gedrückt ist.

»Welcher Organisation gehören Sie an?«, wiederholt er mit seinem stechenden Blick. Ich frage mich, wie viele Menschen alleine wegen dieses Blickes zusammengebrochen sind; wenn ich an den Röntgenblick glaubte, würde ich schwören, dass er gerade in mich hineinschaut. »Wer hat Sie hierher geschickt?«

»Ich weiß nicht, wovon Sie reden«, sage ich und kann die Erschöpfung in meiner Stimme nicht unterdrücken.

Seit meiner Festnahme sind mehr als vierundzwanzig Stunden vergangen und ich habe weder geschlafen, noch gegessen, noch etwas getrunken. Sie schwächen mich auf diese Art, untergraben meine Willensstärke. Das ist hier die Standardbefragungstechnik. Die Russen halten sich selbst für zu zivilisiert, um sofort mit Folter zu beginnen, also benutzen sie diese „sanfteren“ Methoden — Dinge, die eher der Psyche schaden und weniger dem Körper.

»Wissen Sie, Yulia Andreyevna« — Buschekov spricht mich mit meinem Namen und dem gefälschten Vatersnamen an — »die ukrainische Regierung hat jegliche Verbindung zu Ihnen abgestritten.« Er beugt sich noch weiter nach vorne, um zu erreichen, dass ich zurückschrecke und mich weiter in meinen Sitz zurückziehe. Aus dieser Entfernung kann ich den gesalzenen Fisch und die Knoblauchkartoffeln riechen, die er zu Mittag gegessen haben muss. »Sollte keine inoffizielle ukrainische Organisation Ansprüche auf Sie erheben, haben wir keine andere Wahl als anzunehmen, dass sie eine russische Staatsbürgerin sind, so wie ihre gefälschten Papiere behaupten«, fährt er fort. »Sie verstehen, was das bedeutet, richtig?«

Das tue ich. Wenn sie mich wegen Verrats verurteilen, werden sie mich hinrichten. Das ist für mich allerdings kein Grund zu reden. Obenko wird nicht nach vorne treten und einen Anspruch auf mich erheben, auch dann nicht, wenn ich unsere geheime Organisation verrate. Eine Operation ist nichts in diesem großen Spiel.

Als ich weiterhin schweige, seufzt Buschekov und lehnt sich in seinem Stuhl zurück. »In Ordnung, Yulia Andreyevna. Wenn Sie es lieber so spielen möchten.« Er schnippt mit seinen Fingern in Richtung des Spiegels, der auf meiner linken Seite die ganze Wand bedeckt. »Wir werden bald erneut reden.«

Er steht auf und geht auf die Tür in der Ecke zu. Er bleibt vor ihr stehen und schaut zu mir zurück. »Denken Sie über das nach, was ich Ihnen gesagt habe. Es kann sehr schlecht für Sie enden, wenn Sie nicht kooperieren.«

Ich antworte nicht. Stattdessen schaue ich auf meine Hände, die mit Handschellen am Tisch vor mir befestigt sind. Ich höre, wie die Tür sich öffnet und schließt, bevor ich alleine bin, abgesehen von den Menschen, die mich durch den Spiegel beobachten.

* * *

Die Stunden vergehen, eine Sekunde unerträglicher als die nächste. Der Durst, der mich quält, ist so stark, das nur der Hunger, der in mir nagt, es mit ihm aufnehmen kann. Ich versuche, meinen Kopf auf den Tisch zu legen, um zu schlafen, aber jedes Mal, wenn ich das tue, geht ein ohrenbetäubender Alarm durch die Lautsprecher los, der mich schlagartig aufweckt. Dieses kreischende Geräusch ist unmöglich zu ignorieren, nicht einmal in meinem erschöpften Zustand, und irgendwann versuche ich es nicht mehr, sondern versuche einfach, mir eine kostbare Auszeit von einigen Momenten zu nehmen, während ich in meinem Stuhl sitze.

Ich weiß, was sie tun, aber das macht es nicht erträglicher. Menschen, die diesen dauerhaften Schlafentzug noch nie selbst erlebt haben, können nicht verstehen, dass es eine echte Folter ist, dass jeder Teil des Körpers nach einer Weile langsam abschaltet. Mir ist schlecht, ich friere und alles schmerzt — mein Magen, meine Muskeln, meine Haut, meine Knochen … sogar meine Zähne. Mein alter Kopfschmerz lässt meinen Schädel Höllenqualen ausstehen und meine Lippen sind durch den Wassermangel aufgesprungen.

Wie viel Zeit ist vergangen, seit Buschekov mich alleine gelassen hat? Einige Stunden? Ein Tag? Ich weiß es nicht und langsam verliere ich auch den Willen, mir darüber Gedanken zu machen. Wenn es etwas Gutes an dieser Sache gibt, dann ist es die Tatsache, dass ich wenigstens nicht auf die Toilette muss. Ich bin zu dehydriert und mein Magen ist zu leer. Allerdings hat mich das nicht davor bewahrt, gedemütigt zu werden. Als ich hier ankam, haben sie mich ausgezogen und jeden Zentimeter meines Körpers abgetastet. Selbst jetzt, in meinem grauen Gefängnisanzug, fühle ich mich entsetzlich nackt und meine Haut kribbelt bei der Erinnerung an die latexbehandschuhten Finger der Wachen, die keine Stelle meines Körpers ausgelassen haben.

Eine Sekunde lang schließe ich meine Augen und der kreischende Alarm geht los, lässt mich sofort wieder aufschrecken. Ich öffne meine Augen und versuche zu schlucken, indem ich die letzte Flüssigkeit, die ich in meinem Mund habe, zusammensammele, damit ich meine Kehle befeuchten kann. Es fühlt sich an, als hätte ich Sand gegessen. Schlucken ist noch schmerzhafter, als nicht zu schlucken, also gebe ich es auf und konzentriere mich darauf, einen Moment und danach einen weiteren zu überleben. Sie werden mich nicht einfach so sterben lassen — nicht solange sie hoffen, Informationen von mir zu bekommen — also muss ich einfach so lange durchhalten, bis sie mir etwas Wasser bringen.

Bis sie zurückkehren, um mich erneut zu befragen.

Meine Gedanken schweifen ab, drehen sich um die letzten Tage. Jetzt gibt es keinen Grund mehr, nicht an Lucas zu denken, also lasse ich die Erinnerungen zu. Schneidend und bittersüß füllen sie mich, führen mich von meinen Schmerzen, von meinem erschöpften Körper weg.

Ich erinnere mich an die Art und Weise, wie er mich geküsst hat, wie er an mich und in mich gepasst hat. Ich rufe mir seinen Geschmack, Geruch und das Gefühl seiner Haut auf meiner, in meine Erinnerung zurück. Er hat mich betrachtet während er mich fickte, sein Blick hat mich mit seiner Intensität in Besitz genommen. Hat ihm die Nacht, die wir zusammen verbracht haben, irgendetwas bedeutet? Oder war es nur ein nebensächliches Abenteuer, ein Weg, ein Bedürfnis zu befriedigen, während er einen Zwischenstopp in Moskau hatte?

Meine trockenen Augen brennen, als ich mit leerem Blick auf die Wand vor mir starre. Wie auch immer die Antwort lautet, sie ist unwichtig. Sie war niemals wichtig gewesen, aber jetzt ist sie bedeutungslos. Lucas Kent ist tot, sein Körper ist wahrscheinlich in Stücke gerissen worden.

Der Raum vor mir verschwimmt, wird abwechselnd scharf und unscharf, und ich bemerke, dass ich zittere, dass meine Atmung schwach ist, während mein Herz schmerzhaft schnell schlägt. Ich weiß, dass das wahrscheinlich auf die Dehydration und den

Schlafmangel zurückzuführen ist, aber es fühlt sich an, als würde etwas in mir zerbrechen, als sei der Druck um meinen Brustkorb fest und erstickend. Ich will mich zu einem Ball zusammenrollen, mich in mich selbst zurückziehen, aber das kann ich nicht, nicht solange meine Hände an den Tisch und meine Füße an den Boden gekettet sind.

Alles, was ich tun kann, ist, dazusitzen und um etwas zu trauern, das ich niemals hatte — und niemals kennenlernen werde.

DREIZEHNTES KAPITEL

❖ LUCAS ❖

Nachdem ich Karimov befragt habe, beauftragt Sharipov zehn bewaffnete Soldaten damit, mich zu überwachen und die Krankenschwestern zu begleiten, wenn sie sich um mich kümmern. Ich weiß, dass er gerne mehr tun würde, wie mich ins Gefängnis werfen, aber das traut er sich nicht. Peter hat seine russischen Verbindungen bereits spielen lassen, weshalb jeder in diesem Krankenhaus sich von seiner Schokoladenseite zeigt, abgesehen von den bewaffneten Wachen.

Mich stört meine Begleitung nicht. Da ich jetzt die Gelegenheit hatte, einen Teil meiner Wut loszuwerden, bin ich ein wenig ruhiger und verbringe die Zeit zwischen Karimovs Tod und Esguerras Rettung damit, meine Fortbewegung mit Krücken zu perfektionieren. Laut den Ärzten ist es ein sauberer Schienbeinbruch, also sollte der Gips in sechs bis acht Wochen abgenommen werden können. Dieses Wissen ist beruhigend und mindert meine Wut und Frustration darüber, im Krankenhaus festzuhängen, während andere meine Arbeit verrichten.

Peter hält mich auf dem Laufenden und deshalb weiß ich, dass Al-Quadar den Köder geschluckt hat. Jetzt müssen wir nur abwarten, ob Nora auch dorthin gebracht wird, wo die Terroristenzelle Esguerra gefangen hält. Da ich leicht optimistisch gestimmt bin, arrangiere ich, dass die beiden nach ihrer Rettung in eine Privatklinik in die Schweiz gebracht werden. Ich habe das Gefühl, dass das nötig sein wird. Außerdem bespreche ich mit Peter die besten Strategien, um Esguerra aus jeder Art von Löchern herauszubekommen, in denen sie ihn festhalten könnten, und sehe regelmäßig nach den verbrannten Männern, die sich jetzt bereits in einem stabilen Zustand befinden, aber in einem künstlichen Koma gehalten werden, um ihr Leiden zu mindern. Sie werden einige Hauttransplantationen benötigen — eine Geldausgabe, die Esguerra bewilligen muss, sobald er zurückkommt.

Meine zuständigen Ärzte sind verstimmt, weil ich wegen dieser ganzen Beschäftigungen nicht viel Zeit damit verbringe, im Bett zu liegen und mich auszuruhen. Sie behaupten, ich müsse still daliegen und dürfe keinen Stress haben, damit meine Gehirnerschütterung heilen kann. Ich ignoriere sie. Sie haben nicht verstanden, dass ich mich beschäftigen muss, dass selbst der schlimmste Kopfschmerz besser ist, als dazuliegen und über sie nachzudenken.

Die russische Übersetzerin /ukrainische Spionin.

Yulia.

Allein an ihren Namen zu denken, lässt meinen Blutdruck in die Höhe schnellen. Ich weiß nicht, warum ich ihren Verrat nicht aus dem Kopf bekommen kann. Es ist nicht mal ein wirklicher Verrat. Rational gesehen schuldete sie mir keine Loyalität. Ich bin zu ihrem Apartment gegangen, um ihren Körper zu benutzen, aber letztendlich hat sie mich benutzt. Das macht sie zu meinem Feind, zu jemandem, den ich töten wollen sollte, aber es bedeutet nicht, dass sie mich betrogen hat. Ich sollte nicht mehr an sie als an Al-Quadar denken.

Das sollte ich nicht, aber ich tue es.

Ich denke permanent an sie, erinnere mich an die Art und Weise, wie sie mich angeschaut hat und wie ihr Atem sich beschleunigte, als ich sie zum ersten Mal berührt habe. Wie sie sich an mich gekrallt hat, als ich in sie eingedrungen bin, wie sich ihre enge, feuchte Muschi um meinen Schwanz angefühlt hat. Sie wollte mich — dessen bin ich mir sicher — und der Sex mit ihr war der heißeste, den ich seit Jahren hatte.

Den ich vielleicht jemals hatte.

Scheiße.

Ich kann mir das nicht länger antun. Ich muss dieses Mädchen vergessen. Sie befindet sich in den Händen der russischen Regierung, was bedeutet, dass sie nicht länger mein Problem ist. So oder so wird sie für das bezahlen, was sie getan hat.

Das ist ein Gedanke, der mich beruhigen sollte, aber stattdessen macht er mich wütender.

* * *

»Wir haben sie.«

Als ich Peters Stimme höre stehe ich auf, da ich zu angespannt bin um stillzusitzen, »Wie geht es ihnen?« Es ist nicht einfach, das Telefon festzuhalten, während ich auf den Krücken balanciere, aber ich schaffe es.

»Esguerra ist ziemlich mitgenommen. Sie haben mit seinem Gesicht gespielt - ich denke er hat ein Auge verloren. Nora scheint in Ordnung zu sein. Sie hat Majid umgebracht. Hat ihm seinen Kopf weggeschossen bevor wir zu ihnen gelangten.« Peter hört sich an, als bewundere er sie. »Hat ihn kaltblütig erschossen, kannst du dir das vorstellen?«

»Verdammt.« Ich kann das Bild nicht in meinen Kopf bekommen, also versuche ich es auch gar nicht erst. Stattdessen konzentriere ich mich auf den ersten Teil seines Berichts. »Esguerra hat ein Auge verloren?«

»Sieht ganz danach aus. Ich bin kein Arzt, aber es sieht übel aus. Hoffentlich können sie es in der Schweiz retten.«

»Ja.« Wenn es einen Ort gibt, an dem sie es können, dann in dieser Schweizer Klinik. Sie ist dafür bekannt, Berühmtheiten und äußerst reiche Menschen zu behandeln, von russischen Ölmagnaten bis zu mexikanischen Drogenbossen. Ein Aufenthalt dort kostet ab dreißigtausend Schweizer Franken die Nacht, aber Julian Esguerra kann es sich leicht leisten.

»Er möchte dich und die anderen übrigens in diese Klinik verlegen lassen«, sagt Peter. »Wir werden euch in Kürze ein Flugzeug schicken.«

»Okay.« Ich hatte nichts Anderes erwartet, aber es ist trotzdem schön, es zu hören. Sich in der noblen Schweizer Klinik zu erholen, sollte um einiges besser sein, als in diesem Dreckloch festzusitzen. »Er ist nicht auf dich losgegangen, weil du Noras Entführung zugelassen hast?«

»Ich habe nicht wirklich mit ihm gesprochen. Ich halte Abstand.«

»Peter …« Ich zögere einen Moment, entscheide dann aber, dass er sich eine faire Warnung verdient hat. »Esguerra reagiert nicht sehr rational wenn es um seine Frau geht. Es besteht die Möglichkeit dass er —«

»Mir die Leber mit bloßen Händen herausreißt? Ja, ich weiß.« Der Russe hört sich eher amüsiert als besorgt an. »Deshalb werde ich ihn auch nur an der Klinik absetzen und danach verschwinden. Sie gehören dann ganz dir.«

»Verschwinden? Was ist mit deiner Liste?« Es ist kein Geheimnis, dass Esguerra versprochen hat, ihm für drei Dienstjahre eine Liste mit den Namen der Menschen zu geben, die für das verantwortlich sind, was seiner Familie zugestoßen ist.

»Mach dir darüber keine Gedanken.« Peters Stimme kühlt sich auf arktisches Niveau ab. »Sie werden das bekommen, was sie verdienen.«

»In Ordnung.« Das ist wahrscheinlich mein Stichwort die Wachen zu benachrichtigen, um Peter festzuhalten. Esguerra würde mich dafür lieben, aber ich kann den Russen nicht auf diese Weise verraten. Auch wenn wir noch nicht so lange zusammenarbeiten, habe ich diesen Mann mehr als schätzen gelernt. Er ist ein kaltblütiges Arschloch, und das macht ihn perfekt für das, was er tut. Und außerdem ist er ehrlich gesagt gefährlich genug, um nicht das Leben weiterer meiner Männer zu riskieren. »Viel Glück«, sage ich und meine es ernst.

»Danke, Lucas. Dir auch. Ich hoffe du und Esguerra, ihr werdet bald wieder gesund sein.«

Und damit beendet er das Gespräch und ich bleibe auf das Flugzeug wartend und an Yulia denkend zurück.

* * *

Wir bleiben fast eine Woche lang in der Schweizer Klinik. Während dieser Zeit unterzieht sich Esguerra zwei Operationen — einer, um sein aufgeschnittenes

140

Gesicht zu reparieren und einer anderen, um ein künstliches Auge in seine linke Höhle zu implantieren.

»Sie sagen, seine Narben werden nach eine Weile kaum noch zu sehen sein«, erzählt mir seine Frau, als ich sie auf dem Gang treffe. »Und das Augenimplantat sollte sehr natürlich aussehen. In einigen Monaten wird er fast wieder der Alte sein.« Sie hält inne und betrachtet mich mit ihren großen dunklen Augen. »Wie geht es Ihnen, Lucas? Wie geht es Ihrem Bein?«

»Es geht ihm gut.« Ich habe keine Schmerzmittel nehmen wollen, weshalb es höllisch wehtut, aber das muss Nora ja nicht wissen. »Ich hatte Glück. Wir beide hatten Glück.«

»Ja.« Ihr schlanker Hals bewegt sich, als sie schlucken muss. »Wie sieht es mit den anderen aus?«

»Sie werden bis zur nächsten Operation überleben.« Das ist das einzig Positive, das ich über die drei verbrannten Männer sagen kann. »Die Ärzte rechnen damit, dass jeder von ihnen etwa ein Dutzend Operationen benötigen wird.«

Sie nickt düster. »Natürlich. Ich hoffe, die Operationen werden gut verlaufen. Bitte richten Sie ihnen meine besten Wünsche aus, wenn Sie mit ihnen sprechen.«

Ich nicke. Diese Möglichkeit besteht kaum, da sie vollkommen ruhig gestellt sind, aber ich sehe keinen Grund, ihr das zu erzählen. Die zierliche, junge Frau vor mir hat schon genug Mist zu verarbeiten. Esguerra hat gesagt, sie kommt damit zurecht, aber ich habe meine Zweifel. Nicht viele Neunzehnjährige aus einem amerikanischen Vorort schießen einem Terroristen den Kopf weg.

Ich will gerade weitergehen, als Nora ruhig fragt: »Haben Sie etwas von Peter gehört?« Der Gesichtsausdruck, mit dem sie mich anschaut, ist schwer zu lesen.

»Nein, das habe ich nicht«, antworte ich ihr ehrlich. »Warum?«

Sie zuckt mit den Schultern. »Aus reiner Neugier. Wir verdanken ihm unser Leben.«

»Stimmt.« Ich habe das Gefühl, dass mehr dahintersteckt, aber ich bohre nicht nach. Stattdessen nicke ich ihr erneut zu und humpele zu meinem Zimmer zurück.

Als ich in dieser Nacht einschlafe, dringt die blonde Spionin erneut in meine Gedanken ein und mein Schwanz versteift sich trotz der unterschwelligen Kopfschmerzen. Das gleiche ist jede Nacht in der vergangenen Woche geschehen. Zufällige Bilder unserer gemeinsamen Nacht steigen in mir auf, sobald ich mich entspanne — sobald ich zu müde bin um dagegen anzukämpfen. Ich höre nicht auf, an den festen Griff ihrer Muschi zu denken, an die Schreie, die ihrer Kehle entwichen sind, als ich sie gefickt habe, ihren Geschmack … Es ist so schlimm geworden, dass ich mit dem Gedanken gespielt habe, mir eine Nutte kommen zu lassen, aber aus irgendeinem Grund spricht mich diese Vorstellung nicht an.

Ich will nicht einfach nur Sex. Ich will Sex mit ihr.

Wütend stehe ich auf, schnappe mir meine Krücken und humpele zum Badezimmer, um mir einen runterzuholen.

Wenn alles gut geht, sind wir morgen wieder zurück in Kolumbien und dieses Kapitel in meinem Leben wird vorbei sein.

Vielleicht werde ich Yulia dann für immer und ewig vergessen.

TEIL III: DIE GEFANGENE

VIERZEHNTES KAPITEL

❖ LUCAS ❖

Meine Finger schweben über der Tastatur meines Laptops während ich auf den Bildschirm starre und darüber nachdenke, ob das, was ich vorhabe, clever ist. Dann atme ich tief ein und beginne zu tippen. Meine E-Mail an Buschekov ist kurz und direkt:

Esguerra verlangt, dass Yulia Tzakova für weitere Befragungen in seinen Gewahrsam ausgeliefert wird.

Ich drücke auf „senden", stehe auf und genieße die Freiheit, mich ohne Krücken bewegen zu können. Vor zwei Wochen wurde mir der Gips abgenommen und ich bin immer noch jedes Mal erleichtert, dass ich ohne Hilfe aufstehen und gehen kann.

Ich verlasse meine Bibliothek, die gleichzeitig mein Büro ist, und gehe in die Küche, um mir ein Sandwich zu machen. Kochen ist etwas, das ich noch nie konnte, weshalb selbst mein Sandwich mehr als einfach ist: Schinken, Käse, Salat und Mayonnaise zwischen zwei Brotscheiben.

Ich setze mich zum Essen an den Tisch, um mein Bein nicht überzustrapazieren. Auch wenn es gut heilt, muss ich immer noch gegen meinen Hang zu humpeln ankämpfen. Seit dem Bruch sind erst zwei Monate vergangen und die Knochen benötigen mehr Zeit, um komplett zu heilen.

Während ich esse, kehren meine Gedanken zur möglichen Antwort des Russen auf meine E-Mail zurück. Ich kann mir nicht vorstellen, dass es Buschekov gefallen wird, seine Gefangene zu verlieren, aber gleichzeitig denke ich nicht, dass er allzu stark protestieren wird. Esguerras Waffen sind die besten auf dem Markt und da der Konflikt in der Ukraine eskaliert ist, benötigt der Kreml unsere geheimen Lieferungen an die Rebellen mehr denn je.

Sie werden auf jeden Fall Esguerras — in Wirklichkeit meiner — Aufforderung nachkommen. Das bedeutet, dass ich Yulia Tzakova nach zwei Monaten Besessenheit endlich in meine Finger bekommen werde.

Ich kann es kaum erwarten.

* * *

In den nächsten Tagen tauschen Buschekov und ich ein Dutzend E-Mails aus. Wie ich vermutet hatte, ist er nicht sehr glücklich und geht anfangs sogar so weit zu sagen, dass er nur mit Peter Sokolov über diese Angelegenheit reden wird.

»Sokolov ist derzeit verhindert«, erkläre ich Buschekov während eines Videoanrufs. Der russische Politiker hat wieder eine Übersetzerin dabei, diesmal eine Frau mittleren Alters. »Ich bin jetzt derjenige, der in allen Angelegenheiten für Esguerra spricht und er will Tzakova so schnell wie möglich in seinem Gewahrsam haben und alle Informationen bekommen, die Sie bis jetzt über sie herausfinden konnten.«

»Das ist unmöglich«, widerspricht Buschekov, nachdem die Übersetzerin ihm mitgeteilt hat, was ich gesagt habe. »Das betrifft die nationale Sicherheit —«

»Bullshit. Alles was wir wollen, sind die Akten über ihren persönlichen Hintergrund. Das hat nichts mit der russischen nationalen Sicherheit zu tun.«

Buschekov sagt nach der Übersetzung einige Augenblicke lang nichts und ich weiß, dass er darüber nachdenkt, wie er mit mir umgehen soll. »Warum brauchen Sie sie?«, fragt er schließlich.

»Weil wir die Person oder die Organisation ausfindig machen wollen, die für den Raketenanschlag verantwortlich ist.« Zumindest rede ich mir das selbst ein: dass ich das Mädchen persönlich befragen möchte, um die Arschlöcher zu finden, die unser Flugzeug abgeschossen haben.

Buschekov farblose Augen blinzeln nicht. »Dafür brauchen Sie Tzakova nicht. Wir werden Ihnen diese Informationen zukommen lassen, sobald wir sie haben.«

»Also haben Sie sie nicht. Und das nach zwei Monaten.« Ich bin überrascht und beeindruckt, dass sie es nicht geschafft haben, das Mädchen zu brechen. Ihr Training muss hervorragend gewesen sein, wenn sie einer so lang andauernden Befragung widerstehen kann.

»Wir werden sie bald haben.« Buschekov verschränkt seine Arme vor der Brust. »Es gibt Wege, die Extraktion der Informationen zu beschleunigen, wir haben nur noch keine Erlaubnis dafür bekommen.«

Meine Bauchmuskeln spannen sich an. Ich habe versucht, nicht darüber nachzudenken, was sie ihr in Moskau antun könnten, aber ab und an überkommen mich diese Gedanken zusammen mit den Erinnerungen an unsere gemeinsame Nacht. Ich möchte, dass Yulia leidet, aber die Vorstellung, dass irgendwelche gesichtslosen russischen Wächter sie missbrauchen, weckt etwas Dunkles und Hässliches in mir.

»Ihre Autorisationen interessieren mich nicht.« Ich zwinge mich dazu, meine Stimme ruhig zu halten als ich mich näher zur Kamera beuge. »Sie werden sie uns ausliefern. Natürlich nur, falls sie unsere geschäftlichen Beziehungen aufrechterhalten möchten.«

Er starrt mich an und ich weiß, dass er darüber nachdenkt und sich fragt, ob ich bluffe. Das tue ich zwar — Esguerra hat nichts davon autorisiert — aber das weiß Buschekov nicht. Für den russischen Politiker repräsentiere ich die Esguerra Organisation und ich bin dabei, die Luft aus einer gegenseitig vorteilhaften Verbindung zu lassen.

»Das wäre nicht gut für Sie«, sagt Buschekov schließlich, »derart gegen uns vorzugehen.«

»Vielleicht.« Ich zucke bei dieser nicht sehr unterschwelligen Drohung nicht einmal mit der Wimper. »Vielleicht nicht. Aber es nimmt selten ein gutes Ende mit Esguerras Feinden.«

Ich beziehe mich auf Al-Quadar, die seit unserer Rückkehr komplett ausgelöscht wurde. Wir haben uns seit einigen Monaten mit der Terroristengruppe im Krieg befunden, seit dem Zeitpunkt, als sie versucht haben Sprengstoff von Esguerra zu erpressen, indem sie Nora entführten. Seit unserer Rückkehr aus Tadschikistan sind die Dinge eskaliert. Wir haben die Lieferanten der Terroristen, ihre Geldgeber und entfernten Verwandten aufgespürt und niemand, der auch nur eine entfernte Verbindung zur Gruppe hatte, konnte unserem Zorn entkommen. Die Anzahl der Opfer liegt etwa bei vierhundert und die Geheimdienste wissen das ganz genau.

Einige angespannte Augenblicke lang antwortet Buschekov nicht und ich frage mich, ob er meinen Bluff erkannt hat. Aber dann sagt er: »In Ordnung. Sie werden sie innerhalb eines Monates bekommen.«

»Nein.« Ich schaue Buschekov in die Augen, während die Frau meine Worte übersetzt. »Früher. Morgen werden wir ein Flugzeug schicken, das sie abholt.«

»Was? Nein, das —«

»Sollte genügend Zeit sein, um alles vorzubereiten«, unterbreche ich die Übersetzerin. »Vergessen Sie nicht, dass wir sie und die Akten erwarten. Sie möchten uns nicht enttäuschen, glauben Sie mir.«

Und bevor er weitere Proteste hervorbringen kann, beende ich den Videoanruf.

∗ ∗ ∗

Am nächsten Morgen trainiere ich wie immer mit Esguerra und dem Team. Wie ich, ist er fast wieder zu seiner alten Form zurückgekehrt und hat es gerade mit drei neuen Rekruten aufgenommen. Da mein Bein immer noch heilen muss, beschränke ich mich auf Boxen und Schießübungen und bin mehr als nur ein wenig neidisch darauf, dass er schon wieder richtig kämpfen kann.

Als wir das Trainingsgelände verlassen, berichte ich ihm von den neuesten Entwicklungen Peter Sokolov betreffend. Irgendwie ist der Russe an Esguerras Liste gekommen und arbeitet jetzt die auf ihr stehenden Namen ab, tötet systematisch einen nach dem anderen.

»Es gab einen weiteren Schlag in Frankreich und außerdem zwei in Deutschland«, erzähle ich ihm und benutze ein Handtuch, um mir den Schweiß vom Gesicht zu wischen. In diesem Teil Kolumbiens am Amazonas ist es immer heiß und feucht. »Er verschwendet keine Zeit.«

»Das hatte ich auch nicht erwartet«, erwidert Esguerra. »Wie hat er es diesmal getan?«

»Der Franzose wurde im Fluss treibend gefunden und wies Folter- sowie Würgemale auf weshalb davon ausgegangen wird, dass Sokolov ihn vorher entführt hatte. Bei den Deutschen war ein Anschlag eine Autobombe und der andere ein Scharfschützengewehr.« Ich grinse. »Auf sie war er wohl weniger wütend.«

»Oder es war so praktischer.«

»Oder das«, stimme ich zu. »Wahrscheinlich weiß er, dass Interpol ihm auf der Spur ist.«

»Mit Sicherheit tut er das.« Esguerra sieht abgelenkt aus, also beschließe ich, dass es ein guter Zeitpunkt ist, ihm von der Sache mit Yulia zu erzählen.

»Und außerdem«, sage ich wie beiläufig, »lasse ich gerade Yulia Tzakova aus Moskau hierherbringen.«

Esguerra bleibt stehen und blickt mich an. »Die Übersetzerin, die uns an die Ukrainer verraten hat? Warum?«

»Weil ich sie persönlich befragen möchte«, erkläre ich ihm und lege mir das Handtuch um den Hals. »Ich vertraue nicht darauf, dass die Russen ihren Job ordentlich machen.«

Esguerra zieht seine Augen zusammen, wobei seine Prothese erschreckend natürlich aussieht. »Es ist, weil du sie in jener Nacht in Moskau gefickt hast, stimmt's? Geht es darum?«

Wut steigt in mir auf und ich spanne meinen Kiefer an. »Sie hat mich gefickt. Im wahrsten Sinne des Wortes.« Soviel kann ich zugeben, ohne mich unwohl zu fühlen. »Also ja, ich will mich persönlich um diese kleine Schlampe kümmern. Aber ich denke, dass sie außerdem nützliche Informationen für uns hat.«

Oder zumindest hoffe ich das, damit ich meine krankhafte Besessenheit mit ihr rechtfertigen kann.

Esguerra betrachtet mich einen Augenblick lang eindringlich, bevor er nickt. »In dem Fall hast du meinen Segen.« Als wir weitergehen fragt er: »Hast du schon mit den Russen verhandelt?«

Ich nicke. »Anfangs haben sie versucht mir zu erzählen, dass sie nur mit Sokolov reden würden, aber ich habe sie davon überzeugt, dass es nicht clever wäre, Sie zu ihrem Feind zu haben. Buschekov hatte eine Erleuchtung als ich ihn an die jüngsten Probleme mit der Al-Quadar erinnerte.«

»Gut.« Esguerra strahlt grimmige Zufriedenheit aus. In der Welt des illegalen Waffenhandels kommt es auf den Ruf an, und die Tatsache, dass die Russen nachgegeben haben, ist eine vielversprechende Entwicklung für seine Geschäfte.

»Ja, es ist sehr hilfreich«, sage ich, bevor ich hinzufüge: »Sie wird morgen hier ankommen.«

Esguerra zieht eine Augenbraue in die Höhe. »Wo wirst du sie unterbringen?«, fragt er. Es ist ein großes Zeichen seines Vertrauens, dass er meine Eigeninitiative nicht in Frage stellt. Seit ich ihm in Thailand das Leben gerettet habe, hat er mir einen riesigen Handlungsspielraum eingeräumt.

»Bei mir«, antworte ich. »Die Befragung wird ebenfalls dort stattfinden.«

Er grinst und ich weiß, dass er mich verstanden hat. »In Ordnung. Viel Spaß dabei.«

»Den werde ich haben«, erwidere ich grimmig. »Darauf können Sie sich verlassen.«

Ich zähle buchstäblich die Stunden bis Yulia sich im Flugzeug befindet. Ich überlege sogar, persönlich nach Moskau zu fliegen, um sie zu holen, aber entscheide mich dafür Thomas zu schicken, einen ehemaligen Navy Piloten, sowie einige andere Männer, denen ich vertraue. Es hätte eigenartig ausgesehen, wenn ich geflogen wäre; als Esguerras zweiter Mann werde ich auf dem Anwesen gebraucht und gebe mich nicht mit so unwichtigen Aufgaben wie der Empfangnahme von Spionen ab.

»Informiere mich umgehend, sollten Probleme auftreten«, befehle ich Thomas, auch wenn ich mir sicher bin, dass das nicht der Fall sein wird.

In weniger als vierundzwanzig Stunden wird Yulia Tzakova hier sein.

Sie wird meine Gefangene sein und niemand wird sie vor mir retten können.

FÜNFZEHNTES KAPITEL

❖ YULIA ❖

Die schwere Metalltür am Ende des Flurs öffnet sich und ich schrecke auf, da ich darauf konditioniert bin, auf dieses Geräusch genauso zu reagieren wie auf einen Elektroschock.

Sie kommen mich wieder holen.

Ich beginne zu zittern — eine weitere konditionierte Reaktion. So sehr ich auch stark bleiben möchte, sie bekommen mich langsam, brechen mich Stück für Stück. Jede zermürbende Befragung, jede große oder kleine Demütigung, jeder Tag, der in Nacht übergeht, während ich dort ohne Essen und Wasser sitze — das alles summiert sich und zerstört meine Willenskraft wie Wassertropfen einen Stein. Und ich weiß, dass sie gerade erst anfangen. Buschekov hat so etwas das letzte Mal angedeutet, als er mich in den Spiegelraum holen ließ.

Ich versuche meine Atmung zu kontrollieren, setze mich auf mein Feldbett und hülle die schmutzige Decke um mich. Außen mag es vielleicht Mai sein, aber in diesem Gefängnis herrscht immer noch Winter. Die Kälte hört nie auf. Sie durchdringt die grauen Steinwände und rostigen Gitterstäbe, zieht durch die Risse im Boden und an der Decke. Es gibt keine Fenster, durch die die Sonne diese Räume erwärmen könnte. Ich lebe grau in grau und die Wände um mich herum werden jeden Tag enger.

Schritte.

Als ich sie höre, stecke ich meine Füße in meine Stiefel. Meine Socken sind genauso schmutzig wie der Anzug den ich trage. Ich habe seit drei Wochen nicht geduscht und ich stinke zweifellos bis zum Himmel. Das ist eine der kleinen Demütigungen, durch die man sich nahezu unmenschlich fühlt.

»Yulechka…« Ein vertrauter Singsang verstärkt mein Zittern. Igor ist der Wachmann, den ich am meisten hasse, der mit den gierigsten Händen und dem widerlichsten Mundgeruch. Obwohl hier überall Kameras installiert sind, schafft er es Möglichkeiten zu finden, mich zu berühren oder mir Schmerzen zuzufügen.

»Yulechka«, wiederholt er, als er sich meiner Zelle nähert und ich kann die Freude in seinen braunen

Knopfaugen sehen. Er benutzt die vertrauteste Form meines Namens, die, die normalerweise liebevoll von Eltern oder anderen Familienmitgliedern benutzt werden würde. Von seinen dicken Lippen hört er sich schmutzig und pervers an, so als würde ein Pädophiler mit einem Kind reden.

»Bist du bereit, Yulechka?« Während er nach dem Schloss an der Zellentür greift, lässt er mich nicht aus den Augen.

Ich bekämpfe meinen Drang, bis an die Zellenwand zurückzuweichen. Stattdessen stehe ich auf und lege meine Decke ab. Er würde jede Entschuldigung begrüßen, seine Hand an mich zu legen, also gebe ich ihm keine. Ich gehe einfach bis an die Gitterstäbe und warte dort, während sich mein Magen vor Übelkeit zusammenzieht.

»Draußen wird wieder nach dir verlangt«, erklärt er und greift nach meinem Arm. Ich übergebe mich beinahe, als er meine Handgelenke umfasst und ich seine dicken, öligen Finger auf meiner Haut spüre. Er legt mir die eine Handschelle um, kommt näher und greift nach meinem anderen Arm. »Sie haben gesagt, dass du nicht mehr hierher zurückkommen wirst«, flüstert er und ich spüre, wie eine seiner Hände in meinen Po kneift und sein Finger schmerzhaft in die Ritze eindringt. »Das ist zu schade. Ich werde dich vermissen, Yulechka.«

Galle steigt in meinem Hals auf, als ich seinen Atem rieche — alte Zigaretten gemischt mit verfaulten

Zähnen. Ich muss meine ganze Willenskraft aufwenden, um ihn nicht von mir wegzustoßen. Wenn ich mich wehre, fasst er mich nur noch mehr an; das weiß ich aus eigener Erfahrung. Also stehe ich einfach nur da und warte darauf, dass er mich loslässt. Er wird mich nicht vergewaltigen — eine Demütigung, die mir dank der Kameras erspart geblieben ist — also muss ich einfach nur bewegungslos bleiben ohne mich zu übergeben.

Nach einigen Sekunden legt er mir die zweite Handschelle um das andere Handgelenk und tritt mit einem vor Enttäuschung dunklen Gesichtsausdruck zurück.

»Gehen wir«, bellt er, umfasst meinen Ellenbogen, und ich atme tief die Luft ein, die nicht mit seinem Gestank verseucht ist, und hoffe dabei verzweifelt, dass mein Magen sich beruhigen wird. Ich habe mich hier einmal übergeben müssen, als sie mir nach drei Tagen Hungerns fettiges Fleisch zu essen gegeben haben. Ich musste mein Erbrochenes mit der Decke aufwischen, die ich immer noch auf meiner Pritsche liegen habe.

Zu meiner Erleichterung lässt meine Übelkeit nach, als Igor mich den Flur hinunterführt und mir wieder einfällt, was er gesagt hat.

Du wirst nicht zurückkommen.

Was hat das zu bedeuten? Bringen sie mich zu einer anderen Einrichtung oder haben sie letztendlich beschlossen, dass es sich nicht lohnt, zu versuchen, etwas aus mir herauszukriegen. Werden sie mich jetzt umbringen? Ist es das, was Buschekov angedeutet hat, als er sagte, er würde bald eine neue Autorisation bekommen?

Mein Herz schlägt schneller und eine frische Übelkeitswelle überkommt mich. Dazu bin ich noch nicht bereit. Ich dachte ich sei es, aber jetzt, da der Moment gekommen ist, will ich leben.

Ich will leben, um Misha zu sehen.

Wenn ich den Russen allerdings das gebe, was sie möchten, werde ich Misha niemals wiedersehen. Obenkos Schwester und ihre Familie würden gezwungen sein, unterzutauchen, und mein Bruder mit ihnen. Mishas glückliches Leben wäre vorbei, und ich würde daran Schuld sein.

Nein. Meine Entschlossenheit verstärkt sich.

Es ist besser, wenn ich sterbe.

Dann werde ich wenigstens ein für alle Mal dieser Hölle entkommen.

* * *

Trotz meiner Entschlossenheit fühlen sich meine Beine an als seien sie aus Gummi, als Igor mich einen unbekannten Gang entlangführt. Wir bewegen uns vom Befragungsraum weg, was bedeutet, dass der Wachmann nicht gelogen hat.

Heute passiert etwas Anderes.

»Hier entlang«, sagt Igor und zerrt mich zu einem Tor mit zwei Türen. Als wir uns ihm nähern, schwingen die Türen auf und ich blinzele wegen der plötzlichen, blendenden Lichtflucht.

Sonnenlicht.

Es ist so warm und rein auf meiner Haut, so anders als das kalte Leuchten der Gefängnislichter. Die Luft, die durch diese Türen hineinströmt, ist ebenfalls anders. Sie ist frischer, voller Gerüche, die von einer Stadt im Frühling sprechen und nichts mit Verzweiflung und menschlichem Leiden zu tun haben.

»Hier ist sie«, meint Igor als er mich durch die Türen schiebt, und zu meinem Entsetzen wiederholt eine Frau seine Worte in einem Englisch mit russischem Akzent.

Ich kneife meine Augen wegen der unerträglichen Helligkeit zusammen und drehe meinen Kopf zur Seite, um die Frau mittleren Alters anzuschauen, die neben fünf Männern in einem engen Innenhof steht. Hinter ihnen befindet sich eine dicke Wand mit Stacheldraht und einigen bewaffneten Wachmännern.

»Wer sind Sie?«, frage ich die Frau auf Englisch, aber sie antwortet mir nicht. Stattdessen blickt sie einen der Männer an — einen großen, dünnen, der ihr Anführer zu sein scheint.

»Sie können jetzt gehen, vielen Dank«, sagt er in akzentfreiem Amerikanisch zu ihr und ich verstehe, dass sie eine Übersetzerin sein muss.

Sie nickt ihm zu und eilt zum Tor auf der anderen Seite des Hofes. Der Mann kommt auf mich zu und ich sehe, wie ein angewiderter Ausdruck auf seinem

Gesicht erscheint. Er muss gerochen haben, dass ich seit Ewigkeiten nicht geduscht habe.

»Gehen wir«, sagt er und ergreift meinen Arm, um mich von Igor wegzuziehen.

»Wohin bringen Sie mich?« Ich versuche ruhig zu bleiben. Das hatte ich nicht erwartet. Was sollten Amerikaner von mir wollen? Außer ... Könnten sie mit —

»Kolumbien«, antwortet der Mann und bestätigt damit meine Befürchtungen. »Julian Esguerra besteht auf die Ehre Ihrer Anwesenheit.«

Und noch bevor ich diese neue Wendung verarbeiten kann, zerrt er mich Richtung Tor.

* * *

Ich weiß nicht, wann ich beginne mich zu wehren — ob es ist, als wir den Ausgang hinter uns gelassen haben oder als wir uns dem schwarzen Van nähern. Ich weiß nur, dass die Furie in mir erwacht und ich mit meiner ganzen verbleibenden Kraft den Mann angreife, der mich festhält.

Ich weiß nicht, wie der Waffenhändler noch am Leben sein kann und in diesem Moment interessiert es mich auch nicht. Das panische Tier in mir interessiert sich nur dafür, den furchtbaren Qualen zu entgehen, die mich am Ende dieser Reise erwarten. Ich habe Esguerras Akte gelesen und Gerüchte über ihn gehört.

Er ist nicht nur einfach ein gewissenloser Geschäftsmann.

Er ist außerdem ein Sadist.

Meine Hände sind mit Handschellen gefesselt, also benutze ich meine Füße, um nach dem Knie des Anführers zu treten und mich gleichzeitig zu ducken und zu winden, um seinem Griff zu entkommen. Er schreit fluchend auf, aber ich rolle bereits über den Boden, entferne mich von den fünf Männern. Natürlich komme ich nicht weit. Innerhalb einer Sekunde sind sie bei mir und zwei große Männer halten mich fest, bevor sie mich auf meine Beine stellen. Ich kämpfe weiterhin; trete, beiße und schreie, während sie mich von hinten in den Van schieben. Erst als sich die Türen schließen und der Wagen sich zu bewegen beginnt, höre ich auf mich zu wehren, da ich erschöpft bin und am ganzen Körper zittere. Mein Atmen ist abgehackt und laut und mein Herz schlägt in einem beängstigenden Tempo gegen meinen Brustkorb.

»Hijo de puta, wie übel die stinkt«, murmelt der Mann der mich festhält und ich erröte peinlich berührt, so als sei es meine Schuld, dass ich zu einer solch ekelerregenden Kreatur geworden bin.

Dann knebeln sie mich, wahrscheinlich um mich davon abzuhalten, erneut zu schreien, und binden meine Handgelenke mit Handschellen an meine Knöchel, bevor sie mich in eine Ecke des Vans werfen und sich in einigem Abstand zu mir hinsetzen. Danach fassen sie mich nicht mehr an und nach einigen Minuten lässt meine Panik ein wenig nach, so dass ich wieder nachdenken kann.

Julian Esguerra will, dass ich zu ihm ausgeliefert werde. Das bedeutet, dass er bei dem Raketenanschlag nicht ums Leben gekommen ist. Wie ist das möglich? Hat mich Obenko angelogen oder hatte Esguerra Glück? Und wenn der Drogenhändler überlebt hat, was ist dann mit dem Rest seiner Mannschaft?

Was ist mit Lucas Kent?

Ein vertrauter Schmerz sticht in meiner Brust, als ich seinen Namen denke. Ich habe ihn nur diese eine Nacht lang gekannt, aber ich habe um ihn getrauert, um ihn in der kalten Enge meiner Zelle geweint. Könnte er noch am Leben sein? Und falls er noch lebt, werde ich ihn wiedersehen?

Wird er derjenige sein, der mich foltern wird?

Nein, ich schließe meine Augen. Daran kann ich jetzt nicht denken. Ich muss eine Minute nach der anderen überleben, genauso wie im Befragungsraum. Es ist wahrscheinlich, dass die nächsten Stunden die letzten ohne Schmerzen sein werden — wenn nicht sogar die letzten überhaupt — und ich kann diese kostbare Zeit nicht damit verbringen, mir über meine Zukunft Gedanken zu machen.

Ich kann sie nicht damit verbringen, über einen Mann nachzudenken, der höchstwahrscheinlich tot ist.

Also denke ich stattdessen an meinen Bruder, an sein sonniges Lächeln und die Art, wie seine

Speckärmchen mich umarmten als er klein war. Ich war acht Jahre alt, als er geboren wurde und unsere Eltern hatten Angst, ich könne ein Problem damit haben, dass das neue Baby in unsere enge Verbindung eindringt. Aber das hatte ich nicht. Ich habe Misha von dem Augenblick an geliebt, als ich ihn zum ersten Mal im Krankenhaus gesehen habe, gefühlt habe, wie winzig er war und ich wusste, dass es meine Aufgabe sein würde, ihn zu beschützen.

»Es ist wirklich schön, dass Yulia ihren Bruder so sehr liebt«, haben die Freunde meiner Eltern gesagt. »Seht nur, wie gut sie sich um ihn kümmert. Eines Tages wird sie eine großartige Mutter sein.«

Meine Eltern haben genickt, mich stolz angelächelt und ich habe meine Anstrengungen verdoppelt, eine gute Schwester zu sein, alles zu tun um sicherzustellen, dass mein kleiner Bruder glücklich, gesund und in Sicherheit war.

Ich werde aus meinen Gedanken gerissen, als der Van stehenbleibt und ich mit aufsteigender Panik verstehe, dass wir angekommen sind.

»Gehen wir«, sagt der Anführer der Gruppe, als sich die Türen des Fahrzeugs öffnen und ich sehe, dass wir uns auf einer Landebahn von einem privaten Gulfstream Jet befinden. Dadurch, dass ich mit meinen zusammengebundenen Füßen und Händen nicht gehen kann, muss mich der Mann, der sich über meinen Geruch beschwert hatte, aus dem Van in das

Flugzeug tragen, dessen Inneneinrichtung nicht luxuriöser sein könnte.

»Wo willst du sie haben?«, fragt er den Anführer und ich kann sein Dilemma verstehen. Die großzügigen Sitze in der Kabine sind mit cremefarbenem Leder bezogen, genauso wie die Couch neben dem Kaffeetisch. Alles hier ist sauber und hübsch, während ich schmutzig bin.

»Dort«, meint der Anführer und zeigt auf einen Sitz am Fenster. »Diego, bedecke ihn mit einem Laken.«

Ein dunkelhaariger Mann nickt und verschwindet hinten im Flugzeug. Eine Minute später kommt er mit einem Bettlaken zurück. Er bedeckt den Sitz sorgfältig damit bevor der Mann, der mich hält, mich dort ablegt.

»Wollen Sie, dass ich den Knebel abnehme und ihre Knöchel freigebe?«, fragt er den Anführer, aber der dünne Mann schüttelt mit dem Kopf.

»Nein, lass die Schlampe so sitzen. Das wird ihr eine Lektion sein.«

Und mit diesen Worten dreht er sich weg und lässt mich alleine. Ich starre aus dem Fenster und versuche nicht daran zu denken, was mich erwartet, wenn das Flugzeug landet.

SECHSZEHNTES KAPITEL

❖ YULIA ❖

»Komm, raus hier.« Raue Hände heben mich aus meinem Sitz, reißen mich aus meinem unruhigen Schlaf. »Wir sind da.«

Da? Mein Herz setzt einen Schlag aus als ich verstehe, dass wir bereits gelandet sind. Irgendwann heute Nacht muss ich während des Flugs eingeschlafen sein, muss meine Erschöpfung meine Angst überwogen haben.

Jetzt trägt mich ein anderer Mann — Diego hat ihn den Anführer genannt. Sein Griff ist nicht besonders vorsichtig als er mich vor seiner Brust hält. Trotzdem bin ich froh darüber, nicht gehen zu müssen. Nachdem meine Knöchel und Handgelenke den ganzen Flug über zusammengebunden waren, bin ich mir nicht sicher, dass meine krampfenden Muskeln mich tragen würden. Davon mal ganz abgesehen, dass mir vor Hunger schwindelig und schlecht ist. Sie haben mir auf der Hälfte des Flugs meinen Knebel abgenommen und mir etwas Wasser gegeben, aber nichts zu essen.

Sobald Diego aus dem Flugzeug tritt wäscht eine Wälle warmer Feuchtigkeit über mich und ich fühle mich, als hätte ich gerade ein russisches Badehaus betreten — oder einen Regenwald. Letzteres ist wahrscheinlich der bessere Vergleich, wenn man die dicken, Wein umrankten Bäume betrachtet, die das Flugfeld umgeben.

Trotz der riesigen Angst, die durch meine Adern zieht, bin ich von der Flora die mich umgibt wie berauscht. Ich liebe die Natur - das habe ich getan, scit ich ein kleines Kind war — und dieser Ort ist einfach perfekt. Die Luft ist von dem Geruch der tropischen Vegetation durchtränkt, Insekten zirpen im Gras und die Sonne strahlt trotz einiger kleiner Wolken am Himmel. Für einige kurze, herrliche Momente fühle ich mich, als sei ich im Paradies.

Dann höre ich, wie sich ein Auto nähert und die Realität kommt zurück.

Der Besitzer dieses Paradieses wird mich foltern und umbringen.

Mein leerer Magen krampft sich zusammen. Ich will mich von der Angst nicht auffressen lassen, aber ich kann nichts gegen die Panik machen, die mich überkommt, als das Auto — ein schwarzer Geländewagen — vor unserem Flugzeug anhält.

Die Fahrertür öffnet sich und ein großer, breitschultriger Mann tritt heraus, dessen kurzes, helles Haar in der Sonne glänzt.

Ich höre auf zu atmen und kann meinen Blick nicht von seinen harten Gesichtszügen lösen.

Lucas Kent.

Er lebt.

Seine blassen Augen erwidern meinen Blick und die Welt um mich herum verschwindet, wird unscharf. Ich vergesse meinen Hunger, meine Unbehaglichkeit wegen der Handschellen, die mich fesseln und meine Angst vor der Zukunft.

Alles, was ich wahrnehme, ist diese starke, irrationale Freude darüber, dass Lucas am Leben ist.

Er geht auf mich zu und ich zwinge mich dazu, wieder zu atmen. Er ist noch größer als ich ihn in Erinnerung hatte und seine Schultern sind durch seine Muskeln breit und dick. Er trägt eine ärmelloses T-Shirt mit Tarnmuster, zerrissene Jeans und hat ein Sturmgewehr über seinem Oberkörper hängen, wodurch er genau wie das aussieht, was er ist: ein gnadenloser Söldner, der für einen Drogenboss arbeitet.

»Ich übernehme sie ab hier, Diego«, sagt er, kommt auf mich zu und ich beginne zu zittern, als er nach mir greift und wegschaut. Diego übergibt mich schweigend und mein Zittern verschlimmert sich, als ich Lucas'

Hände erneut auf mir spüre, seine Berührung brennt sich sogar durch das raue Material meiner Gefängnisbekleidung.

Er tritt zurück, dreht sich um und beginnt mich zum Auto zu tragen, indem er mich gegen seine Brust drückt. Er lässt sich keinen Ekel über meinen ungewaschenen Zustand anmerken und ich erschaudere, als ich spüre, wie die Hitze seines Körpers in mich eindringt und einen Teil meiner ständigen inneren Kälte zum Schmelzen bringt. Ich sollte terrorisiert sein, aber stattdessen fühle ich erneut diese Erregung — diese irrationale Anziehung, die ich nur von ihm kenne. Zur gleichen Zeit baut sich hinter meinen Schläfen ein Druck auf und meine Augen brennen, so als würde ich gleich weinen.

Am Leben. Er ist am Leben.

Das ist so unwirklich. Das alles ist so unwirklich. Meine Realität ist eine graue, stinkende Zelle in einem russischen Gefängnis. Sie ist Igors fettige Hände und Buschekovs verspiegelter Befragungsraum. Sie ist Hunger, Durst und Sehnsucht — Sehnsucht nach dem Leben, das ich verloren habe, als das Auto meiner Eltern auf der vereisten Straße ins Schleudern geriet, Sehnsucht nach dem Bruder, den ich nur auf Bildern gesehen habe und Sehnsucht nach dem Mann, den ich nur einen Tag lang kannte.

Sehnsucht nach dem Mann, von dem ich dachte, ich hätte ihn getötet — demjenigen, der mich in diesem Moment in seinen Armen trägt.

Könnte das alles ein Traum sein? Eine Fantasie in meinem erschöpften und unter Schlafentzug leidenden Kopf? Könnte ich gerade am Befragungstisch das Bewusstsein verloren haben und gleich wird mich der kreischende Alarm wieder zurück in die Realität holen?

Lucas' Gesicht verschwimmt vor meinen Augen und ich weiß, dass ich weine, dass fette, hässliche Tränen in meinen Augen aufsteigen und über meine Wangen laufen. Peinlich berührt versuche ich automatisch sie wegzuwischen, aber meine Hände sind immer noch an meine Knöchel gefesselt, so dass ich mein Gesicht nicht erreichen kann. Meine Bewegung ist ruckartig und unbeholfen und ich sehe, dass Lucas' Gesicht sich versteinert, als er zu mir runter blickt.

»Du dreckige Schlampe«, sagt er so leise, dass ich ihn kaum hören kann. »Denkst du, du kannst mich mit deinen Tränen manipulieren?« Der Griff, in dem er mich hält, wird fester und bestrafend, während er vor dem Geländewagen anhält und wütend auf mich hinunterstarrt, so als warte er auf eine Antwort. Als ich ihm keine gebe, wird sein Gesichtsausdruck noch härter. »Du wirst für das, was du getan hast, bezahlen«, verspricht er mir mit einer Stimme voller ruhiger Wut. »Du wirst für alles bezahlen.«

Damit öffnet er die Autotür und schmeißt mich auf die Rückbank. Als mein Rücken auf dem gepolsterten Leder aufkommt weiß ich, dass ich falsch lag.

Das ist kein Traum.

Das ist ein Albtraum.

* * *

Die Fahrt dauert nur wenige Minuten. Lucas fährt schweigend und ich nutze die Zeit, um meine Selbstbeherrschung wiederzuerlangen. Eigenartigerweise hilft mir der Gedanke an seine Drohung dabei, meine Tränen zu kontrollieren, meine überwältigende Freude in kalte Angst zu verwandeln, während ich verarbeite, dass Lucas Kent am Leben ist — und dass er mich wirklich dafür zahlen lassen wird.

Bedeutet das, dass der Flugzeugabsturz wirklich passiert ist? Und falls ja, wie konnten er und Esguerra überleben? Das würde ich Lucas gerne fragen, aber ich kann mich nicht dazu bringen, die Stille zu brechen, nicht, wenn ich seine Wut in der Luft pulsieren spüren kann wie eine bösartige Macht, die darauf wartet losgelassen zu werden. Er hat seine Waffe abgenommen und sie auf den Sitz neben sich gelegt, aber das verringert die Bedrohung die er ausstrahlt nicht.

Er kann mich mit seinen bloßen Händen umbringen, falls er das möchte.

Als das Auto dieses dicht bewaldete Gebiet verlässt, sehe ich in einiger Entfernung ein großes, weißes Haus. Es ist umgeben von gepflegtem grünen Gras, das einen Kontrast zu dem ungezähmten Dschungel hinter uns bildet. Weiter hinten sehe ich Wachtürme, die jeweils einige Dutzend Meter voneinander entfernt stehen. Dieser Anblick überrascht mich nicht; in Esguerras Akte stand, dass sein kolumbianisches Anwesen stark befestigt ist, obwohl es sich so abgelegen am Rand zum Amazonas befindet.

Wir fahren allerdings nicht zu dem großen Haus, sondern biegen ab und folgen dem Rand des Dschungels zu einer Siedlung aus kleineren Häusern und kastenförmigen, einstöckigen Gebäuden. Hier müssen die Wächter und anderen Angestellten des Esguerra Anwesens leben, wird mir klar, als ich bewaffnete Männer — und manchmal Frauen — die Häuser betreten und verlassen sehe.

Das Auto hält vor einem der Einzelhäuser, demjenigen mit der Veranda, und Lucas steigt aus, ohne die Waffe mit sich zu nehmen. Er schlägt die Tür hinter sich zu und ich zucke zusammen, obwohl ich versuche, die Angst zu kontrollieren, die mir von innen heraus die Luft abschnürt. Die Furcht macht sich dick und bitter in meiner Kehle bemerkbar. Irgendwie ist es schlimmer, dass Lucas mir diese furchtbaren Dinge antun wird, dass er derjenige sein wird, der mir meine Fingernägel herauszieht oder mich Stück für Stück aufschneiden wird.

Es ist schlimmer, weil ich mir vorgestellt habe bei ihm zu sein, als ich in dem Gefängnis in Moskau war, und ich mir ausgemalt habe, dass er mich festhält und ich mich in seiner starken Umarmung in Sicherheit befinde.

Lucas geht um das Auto herum und öffnet die hintere Tür. Er greift herein, nimmt mich, zieht mich heraus und sagt immer noch kein Wort, als er mich an seine Brust drückt und die Tür mit seinem Fuß zuschlägt. Sein Griff ist erneut hart und bestrafend und ich weiß, dass das nur der Anfang ist.

Meine Fantasien werden gerade von der Realität erdrückt.

Er trägt mich die Stufen zur Veranda hinauf und läuft dabei so leicht, als würde ich nichts wiegen. Er ist unglaublich stark, aber er bietet keine Sicherheit. Zumindest mir nicht. Vielleicht einer Frau in der Zukunft, einer, für die er etwas empfindet und die er schützen möchte.

Eine Frau, die er nicht so sehr hasst wie mich.

Als er die Eingangstür aufstößt und sich seitlich dreht um mich durch die Tür zu tragen, erhasche ich einen Blick auf die neugierigen Gesichter, die uns von der Straße aus ansehen. Sie gehören zu einigen Männern und einer Frau mittleren Alters und absurderweise bin ich einen Augenblick lang versucht, sie um Hilfe zu bitten, sie anzubetteln, mich zu retten. Dieser Drang vergeht genauso schnell wie er kommt. Diese Menschen sind keine unschuldigen Passanten. Sie sind Angestellte eines sadistischen Waffenhändlers und sie unterstützen das Schicksal, das mich erwartet.

Also schweige ich, während Lucas mich ins Haus trägt und die Tür hinter sich erneut mit dem Fuß schließt. Er schaut mich nicht an, also nutze ich die

Gelegenheit ihn zu betrachten und bemerke, dass sein Kiefer hart wie Granit ist. Er ist immer noch wütend und er strahlt den Zorn aus, wie eine Flamme Hitze abgibt. Ich frage mich, warum er so wütend ist. Mit Sicherheit ist so etwas — Esguerras Feinde büßen zu lassen - Routine für ihn. Ich hätte kalte Distanziertheit erwartet, nicht diese vulkanartige Wut.

Aber ich hätte ja auch erwartet, dass er mich zu einem Lagerhaus oder einer anderen Halle bringt, zu irgendeinem Ort den man unbedenklich mit Blut und Körperflüssigkeiten beschmutzen kann. Stattdessen finde ich mich in einem Wohnhaus wieder, auch wenn es nur die grundlegendste Einrichtung besitzt. Ein schwarzes Ledersofa, einen Flatscreen Fernseher und weiße Wände — der Raum, durch den er mich trägt, ist nicht luxuriös, aber mit Sicherheit keine Folterkammer. Ist das Lucas' Haus? Und falls es das ist, wieso bin ich dann hier?

Ich habe keine Zeit, lange darüber nachzudenken, weil er mich in ein großes, weiß gefliestes Badezimmer bringt. In ihm gibt es eine riesige Badewanne, eine verglaste Dusche und ein Waschbecken neben einer Toilette.

Definitiv keine Folterkammer.

»Warum hast du mich hierher gebracht?« Meine Stimme ist rau und kratzig, weil ich so lange nicht mehr gesprochen habe. Ich habe nichts mehr gesagt, seit Esguerras Männer mich in Moskau geknebelt haben, damit ich nicht schreie. »Das ist dein Haus, stimmt's?«

Lucas' Kiefermuskeln bewegen sich, aber er antwortet mir nicht. Stattdessen trägt er mich in die Dusche, legt mich auf den gefliesten Boden und zieht einen Schlüssel hervor. Er ergreift meine Handschellen, schließt sie auf und löst sie von meinen Fußfesseln, von denen er mich als nächstes befreit. Dann stellt er mich auf meine Beine.

»Du brauchst eine verdammte Dusche«, sagt er grob. »Zieh dir diese Sachen aus. Jetzt.«

Meine Knie geben nach, da meine Beinmuskeln die plötzliche Anstrengung, aus eigener Kraft zu stehen, nicht aushalten können, auch wenn mein schmerzender Rücken dankbar dafür ist, sich endlich wieder strecken zu können. Mein Kopf dreht sich wegen meines chronischen Hungers und meiner Erschöpfung und ich sinke nur deshalb nicht zurück auf den Boden, weil Lucas mich am Arm festhält.

Eine Dusche? Er will, dass ich dusche? Bevor ich diesen eigenartigen Befehl verarbeitet habe, gibt er ein ungeduldiges Geräusch von sich und greift nach dem Reißverschluss meines Anzugs, um ihn grob zu öffnen.

»Warte, ich kann —« Ich versuche meine zitterige Hand an den Reißverschluss zu legen, aber es ist zu spät. Lucas dreht mich um, drückt mein Gesicht gegen die Duschwand und schiebt den Overall mit einer schnellen Bewegung bis zu meinen Knien hinunter, so dass ich nichts weiter trage, als meine hohe Unterhose und einen ausgeleierten Sport-BH — die einzige Unterwäsche die im Gefängnis erlaubt war. Innerhalb einer Sekunde hat er sie ebenfalls von meinem Körper gerissen und dreht mich herum, damit ich ihn anschaue.

»Ich werde dir das nicht zweimal sagen.« Seine Finger umfassen mein Kinn hart, während er mit seiner anderen Hand meinen Oberarm festhält. »Du wirst das tun, was ich dir sage, verstanden?« In seinen Augen leuchtet eisige Wut und etwas Anderes.

Lust.

Er will mich immer noch.

Mein Herz schlägt wild, als mir klar wird, dass ich gerade nackt vor ihm stehe. Ich sollte das erwartet haben, aber aus irgendeinem Grund habe ich das nicht. In meinem Kopf ist das, was zwischen uns gewesen ist völlig von der Bestrafung getrennt, der er mich unterziehen wird — aber ich hätte es besser wissen sollen.

Für Männer wie Lucas Kent sind Sex und Gewalt untrennbar.

»Verstehst du mich?«, wiederholt er, während seine Finger sich schmerzhaft in meinen Kiefer graben, und ich blinzele zustimmend, da ich zu keiner weiteren Bewegung fähig bin. Offensichtlich reicht ihm das, denn er entlässt mich und tritt zurück.

»Wasch dich«, befiehlt er, tritt aus der Duschkabine und schließt die Glastür hinter sich. »Du hast fünf Minuten Zeit.«

Und damit verschränkt er seine Arme vor seiner breiten Brust, lehnt sich mit dem Rücken gegen die Wand und starrt mich erwartungsvoll an.

SIEBZEHNTES KAPITEL

❖ LUCAS ❖

Als sie nach der Mischbatterie greift, zittert ihr ganzer Körper und ich kann sehen, wie viel Anstrengung sie jede Bewegung kostet. Sie ist schwach und dünn, unendlich zerbrechlicher als das letzte Mal, als ich sie gesehen habe, und die Tatsache, dass mich das stört, macht mich nur noch wütender.

Ich habe erwartet, Lust und Hass zu fühlen, ihr Leiden zu genießen, selbst während ich meinen Hunger an ihrem verräterischen Fleisch Stille. Ich hatte geplant, sie als mein Fickspielzeug zu benutzen, bis meine Besessenheit mit ihr verschwindet und dann alles Mögliche zu tun, um den Strippenzieher zu finden, der sie geführt hat.

Ich habe nicht mit dieser blassen, ausgemergelten Kreatur gerechnet und damit, wie ich mich fühlen würde, Yulia so zu sehen.

Haben sie sie hungern lassen? Offensichtlich, schließlich kann ich jede ihrer Rippen sehen. Ihr Magen ist ausgehöhlt, ihre Hüftknochen stechen hervor und ihre Glieder sind schmerzhaft mager. Sie muss in den letzten zwei Monaten mindestens fünfzehn Pfund verloren haben, und dabei war sie vorher schon sehr schlank.

Sie schafft es, das Wasser anzustellen und ich zwinge mich dazu, still stehen zu bleiben, während sie nach dem Shampoo greift. Sie schaut mich nicht an, da ihre ganze Konzentration ihrer Aufgabe gilt und ich fühle, wie mich eine frische Wutwelle, gemischt mit Lust und diesem beunruhigenden Etwas, überkommt.

Etwas, dass sich verdächtig nach Beschützerinstinkt anfühlt.

Scheiße. Ich beiße meine Zähne zusammen, da ich entschlossen bin, diesem bizarren Drang, die Dusche zu betreten und sie an mich zu drücken, zu widerstehen. Nicht um sie zu ficken, auch wenn mein Körper es kaum erwarten kann, das ebenfalls zu tun, sondern um sie in meinen Armen zu halten.

Sie zu halten und sie zu trösten.

Wütend verändere ich meine Stellung und sehe ihr dabei zu, wie sie damit beginnt, ihr Haar einzuschäumen. Trotz ihrer extremen Dürre ist ihr Körper anmutig und weiblich. Ihre Brüste sind kleiner als zuvor, aber immer noch erstaunlich voll, und ihre Nippel ziehen sich zu spöttischen pinkfarbenen Knospen zusammen während sie unter dem Wasser steht. Zwischen ihren Beinen kann ich weich aussehenden, blonden Flaum sehen; nach fast zwei Monaten ohne rasieren oder wachsen muss ihre Muschi sich wieder in ihrem eigentlichen Zustand befinden. Mein Schwanz, der sich halb verhärtet hat, als ich sie ausgezogen habe, wird jetzt komplett steif und ich stelle mir vor, wie ich zu ihr in die Dusche gehe und ohne Vorbereitung in ihre enge Hitze stoße. Sie einfach nur zu nehmen, wie das Fickspielzeug, das sie sein sollte.

Und es gibt nichts, was mich davon abhält, es zu tun. Sie ist meine Gefangene. Ich kann alles mit ihr machen, was ich möchte. Ich habe niemals eine Frau zum Sex gezwungen, aber ich habe auch noch niemals eine gleichzeitig so sehr gewollt und gehasst. Wie könnte es schlimmer sein, sie zu ficken als ihr zartes Fleisch aufzuschlitzen um sie zum Reden zu bringen?

Das wäre es nicht. Sie gehört mir und ich kann ihr auf alle Arten wehtun, die ich möchte.

Allerdings will ich ihr gerade nicht wehtun. Die Gewalt in mir richtet sich nicht gegen sie. Sie richtet sich gegen diejenigen, die ihr wehgetan haben. Als ich sie in Diegos Griff sah und ihre Haare strähnig und glanzlos um ihr blasses Gesicht fielen, habe ich eine unvergleichliche Wut gefühlt. Und als sie angefangen hat zu weinen, konnte ich mich kaum davon abhalten, sie an meine Brust zu drücken und ihr zu versprechen, dass ihr niemals wieder jemand wehtun wird.

Nicht einmal ich.

Dieser Drang hat mich verrückt gemacht, und er macht mich jetzt gerade wieder verrückt. Ich zweifele nicht daran, dass diese Hexe genau wusste, was sie mir mit ihren Tränen antut, genauso wie sie wusste, wie sie in jener Nacht in Moskau Informationen von mir bekommen konnte. Ihre zerbrechliche Erscheinung ist genau das: eine Erscheinung. Das wunderschöne blonde Äußere umhüllt eine trainierte Agentin, eine Spionin, die genauso in Psychospielchen wie in Fremdsprachen geschult ist.

»Deine fünf Minuten sind um«, sage ich und stelle mich wieder gerade hin. Sie hat ihre Haare und ihren Körper gewaschen und steht jetzt einfach mit geschlossenen Augen und nach hinten gelegtem Kopf unter dem Wasserstrahl. »Komm raus.« Meine Stimme ist unfreundlich und lässt sich die innere Verwirrung die ich fühle nicht anmerken.

Ich werde mich nicht noch einmal von ihr ficken lassen.

Bei meinen Worten zuckt sie zusammen, ihre Augen öffnen sich schnell und sie greift hinter sich, um das Wasser abzustellen. Sie zittert immer noch, wenn auch nicht so schlimm wie zuvor und ich frage mich, wie viel davon gespielt ist und wie viel wirklich Schwäche ist.

Ich öffne die Tür zur Dusche, nehme ein Handtuch in die Hand und werfe es ihr zu. »Trockne dich ab.«

Sie gehorcht und trocknet zuerst ihre Haare und danach ihren Körper ab. Während sie das tut, sehe ich blaue Flecken, die ihre Beine und ihren Brustkorb bedecken, sowie dunkle Ringe unter ihren müden Augen.

Verdammt. Sie spielt mir das nicht vor.

»Das reicht.« Ich unterdrücke diesen unlogischen Anflug von Mitleid, reiße ihr das Handtuch aus den Händen und hänge es auf einen Haken. »Komm.«

Ihre Augen schauen mich flehend an, als ich ihren Arm ergreife, aber ich ignoriere ihre schweigende Bitte und halte sie unnötig grob fest. Ich kann dieser Schwäche nicht nachgeben, dieser Besessenheit, die so vollkommen außer Kontrolle geraten zu sein scheint. In den letzten zwei Monaten habe ich mich mit der Tatsache abgefunden, dass ich nicht aufhören kann sie zu begehren, aber das hier ist anders.

Sie stolpert, als ich sie durch die Tür zerre, also bleibe ich stehen, um sie hochzuheben und rede mir ein, dass es leichter sein wird sie zu tragen, als sie hinter mir herzuschleifen. Als ich sie gegen meinen Brustkorb lehne, fühle ich, wie sich ihre Brüste leicht an mich drücken, rieche ihren Duft, der jetzt sauber und mit meinem Duschgel vermischt ist. Lust überkommt mich erneut und ich begrüße sie, da sie meine Gedanken von ihrem zu leichten Gewicht ablenkt. Genau das brauche ich: sie zu wollen und nichts weiter. Und deshalb darf sie nicht so zerbrechlich und dermaßen abgemagert sein.

Sie muss kräftiger werden.

Eigentlich wollte ich sie ins Schlafzimmer bringen, aber ich ändere meinen Weg und gehe stattdessen in die Küche. Ich spüre, wie schnell sie atmet — wahrscheinlich hat sie Angst — aber sie wehrt sich nicht. Zweifellos erkennt sie, wie sinnlos das in ihrem geschwächten Zustand wäre.

Als wir in der Küche ankommen, setze ich sie auf einem Stuhl ab und trete einen Schritt zurück. Sie zieht sofort ihre Knie an die Brust, um möglichst viel ihres nackten Körpers zu verbergen. Als sie mich anblickt, sind ihre Augen groß und verängstigt und ihr nasses Haar klebt an ihrem Rücken und ihren Schultern.

»Du wirst etwas essen«, erkläre ich ihr und gehe zum Kühlschrank. Ich öffne ihn, nehme Putenbrust, Käse und Mayonnaise heraus und lege alles auf den Tresen, neben das Brot, das sich bereits dort befindet. Während ich ihr ein Sandwich zubereite, behalte ich sie im Auge um sicherzugehen, dass sie nichts versucht — was sie nicht tut. Sie sitzt einfach nur da und beobachtet mich misstrauisch dabei, wie ich die Mayonnaise auf beide Brotscheiben schmiere, Käse und Putenbrust darauf lege und alles auf einem Teller platziere.

»Iss«, sage ich und stelle den Teller vor sie.

Sie fährt sich mit der Zunge über die Lippen. »Könnte ich bitte auch etwas Wasser haben?«

Natürlich. Sie muss auch Durst haben. Ohne ihr zu antworten gehe ich zum Wasserhahn, fülle ein Glas und bringe es zu ihr.

»Danke.« Ihre Stimme ist ruhig, als sie sich bei mir bedankt und ihre schlanken Finger berühren mich, als sie sich um das Glas legen. Ein elektrischer Schlag fährt mir bei dieser unbeabsichtigten Berührung durch die Wirbelsäule und meine Jeans werden unangenehm eng, als sich mein Schwanz gegen den Reißverschluss drückt.

Ihre Augen blicken kurz nach unten, bevor sie sich wieder meinem Gesicht zuwenden und ich sehe, dass sich ihre Pupillen weiten. Sie muss sich meiner Lust nach ihr bewusst sein und sie macht ihr Angst. Die Hand, in der sie das Glas hält, zittert leicht während sie trinkt und ihr anderer Arm spannt sich um ihre hochgezogenen Knie an.

Gut. Ich will, dass sie Angst hat. Ich will, dass sie weiß, dass ich ihren Körper begehre, aber dass ich trotzdem keine Gnade walten lassen werde. Sie wird mich nie wieder manipulieren können.

Während sie trinkt, setze ich mich in den Stuhl auf der gegenüberliegenden Seite des Tisches, lehne mich zurück und verschränke meine Hände hinter meinem Kopf.

»Iss. Jetzt«, befehle ich ihr erneut, als sie ihr Glas abstellt und sie gehorcht: ihre Zähne versinken mit unverhohlener Gier im Sandwich.

Obwohl sie offensichtlich hungrig ist, isst sie langsam und kaut jeden Bissen gründlich. Das ist clever; sie möchte nicht, dass ihr schlecht wird, weil sie zu viel ist.

»Also«, sage ich als sie ein Viertel ihrer Mahlzeit gegessen hat, »wie heißt du wirklich?«

Sie hält mitten im Biss innen und legt ihr Sandwich ab. »Yulia.« Sie erwidert meinen Blick ohne zu blinzeln.

»Lüge mich nicht an.« Ich hebe meine Hände vom Tisch und beuge mich nach vorne. »Ein Spion würde niemals seinen richtigen Namen benutzen.«

»Ich habe nicht behauptet, dass ich Yulia Tzakova heiße.« Sie nimmt ihr Sandwich wieder in die Hand und beißt ab, bevor sie erklärt: »Yulia ist ein weitverbreiteter Name in Russland und der Ukraine, und es ist zufällig auch mein Geburtsname. Es ist die russische Variante von Julia.«

»Okay.« Das ergibt Sinn und ich bin geneigt, ihr zu glauben. Es ist immer einfacher, bei falschen Identitäten nahe an der eigenen zu bleiben. »Also, Yulia, wie lautet dein richtiger Nachname?«

»Mein Nachname ist unwichtig.« Ihre weichen Lippen verziehen sich. »Das Mädchen, zu dem er gehörte, existiert schon lange nicht mehr.«

»Dann solltest du ja auch kein Problem damit haben, ihn mir zu sagen.« Ohne es zu wollen, bin ich neugierig. Ob es wichtig ist oder nicht, ich will ihren Nachnamen wissen.

Ich will alles über sie wissen.

Sie zuckt mit den Schultern und beißt erneut in ihr Sandwich. Ich begreife, dass sie nicht vorhat mir zu antworten.

Meine Zähne knirschen, aber ich zwinge mich dazu, geduldig zu bleiben. Die Russen haben in zwei Monaten nichts Nützliches aus ihr herausbekommen, also kann ich kaum erwarten, sie in der ersten Stunde zu knacken. Sie essen zu lassen, damit sie kräftiger wird, hat oberste Priorität. Die Antworten werden später kommen. Ich werde sie auf jeden Fall irgendwie aus ihr herausbekommen.

Jetzt gehe ich im Kopf die Informationen durch, die mir Buschekov gemailt hat. Sie haben nicht viel herausgefunden. Alles, was sie zugegeben hat, ist, dass sie zweiundzwanzig ist und nicht vierundzwanzig wie auf ihrem gefälschten Pass, und dass sie in Donetsk geboren wurde, einem der umkämpften Gebiete in der östlichen Ukraine. Die ukrainische Regierung hat abgestritten von ihr zu wissen, also muss die Organisation für die sie arbeitet privat oder völlig geheim sein. Ihre Abschlüsse in Englisch und internationalen Beziehungen der Moskauer Staatsuniversität sind offensichtlich echt, da es eine Aufzeichnung darüber gibt, dass Yulia Tzakova vor zwei Jahren ihr Studium beendet hat. Außerdem hat Buschekov Professoren und Kommilitonen ausfindig gemacht, die ihre Anwesenheit in den Kursen bestätigen.

Haben die Ukrainer sie an der Universität rekrutiert oder haben sie sie dorthin geschickt? Es ist nicht ausgeschlossen, dass sie für sie arbeitet, seit sie ein Teenager ist. Agenten werden zwar selten so jung rekrutiert, aber es kommt vor.

»Wie lange tust du das schon?«, frage ich sie als sie fast aufgegessen hat. Ihre blassen Wangen haben ein wenig Farbe bekommen und sie sieht weniger zitterig aus. »Ich meine, für die Ukraine zu spionieren.«

Anstatt mir zu antworten, trinkt Yulia einen Schluck Wasser, stellt ihr Glas ab und schaut mich an. »Darf ich bitte zur Toilette gehen?«

Meine Hände spannen sich auf dem Tisch an. »Ja, sobald du meine Frage beantwortet hast.«

Sie blinzelt nicht. »Ich mache das schon eine ganze Zeit lang«, sagt sie ruhig. »Darf ich jetzt bitte auf die Toilette gehen? Oder soll ich es hier tun?«

Die Wut, die in mir schwelt, flammt auf und ich gebe ihr nach. Im nächsten Augenblick bin ich neben Yulia, ergreife sie an ihren Haaren und stelle sie auf ihre Beine. Sie schreit vor Schmerzen auf, ihre Hände klammern sich um mein Handgelenk, aber ich gebe ihr nicht die Möglichkeit, zu kämpfen. In weniger als zwei Sekunden liegt sie mit dem Oberkörper auf dem Tisch, ihre Arme sind auf ihrem Rücken verschränkt und ihr Gesicht ist gegen die Tischplatte gedrückt. Der Teller mit den Resten ihres Sandwichs rutscht vom Tisch und zerbricht auf dem Boden, aber das interessiert mich einen Scheißdreck.

Sie wird jetzt eine wichtige Lektion lernen.

»Sag das noch einmal.« Ich beuge mich über sie und drücke ihren nackten Körper unter mir gegen den Tisch. Ich kann ihr schnelles, flaches Atmen hören, spüre, wie sich die Rundung ihres Hinterns gegen meinen Schritt presst und mein Schwanz wird hart, als dunkle sexuelle Fantasien in meinem Kopf aufsteigen. In dieser Position muss ich nur meinen Hosenschlitz öffnen und schon bin ich in ihr.

Die Versuchung ist fast unerträglich.

»Seit ich elf bin.« Ihre Stimme ist dünn und dumpf, da sie gegen die Tischplatte spricht. »Ich mache das, seit ich elf bin.«

Elf? Fassungslos lasse ich sie los und trete zurück. Welche Organisation rekrutiert ein Kind?

Bevor ich diese Enthüllung verdauen kann, drückt sie sich vom Tisch auf und dreht sich zu mir um. »Bitte, Lucas.« Ihr Gesicht ist wieder blass und ihre Lippen zittern. »Ich muss wirklich aufs Klo.«

Scheiße.

Ich ergreife ihren Arm. »Ich gebe dir fünf Minuten«, warne ich sie, als ich sie zurück zum Badezimmer führe. »Und schließ die Tür nicht ab. Ich habe den Schlüssel.«

Sie nickt, verschwindet im Badezimmer, und ich betrachte sie dabei, genieße den Anblick ihres halbtrockenen Haares, das ihren schlanken Rücken hinabfällt.

Ich schüttele den Kopf, gehe in die Küche zurück und räume auf.

Ich möchte nicht, dass sie sich ihre nackten Füße an den Scherben des zerbrochenen Tellers aufschneidet.

ACHTZEHNTES KAPITEL

❖ YULIA ❖

Meine Knie zittern, ich lasse mich gegen die geschlossene Badezimmertür fallen und versuche, meine gehetzte Atmung zu beruhigen. Das, was gerade in der Küche passiert ist, sollte mich nicht derart mitnehmen, aber es war der Vergangenheit zu ähnlich … dem dunklen Ort, dem ich verzweifelt versucht habe zu entkommen. Diese Stellung — ich auf dem Bauch und hilflos, unter einem Mann, der entschlossen ist, mich zu bestrafen — das war zu vertraut und ich bin in Panik geraten.

Ich bin in Panik geraten wie die Fünfzehnjährige, von der ich dachte, dass ich sie begraben hätte.

Vielleicht wäre es nicht so schlimm gewesen, wäre es ein anderer Mann gewesen — irgendein Mann. Ich hätte meinen stahlharten mentalen Schutzschild aufrechterhalten können, um nicht durchzudrehen — so wie sonst auch. Wenn ich für Lucas nur Angst und Abscheu empfinden würde, wäre es einfacher gewesen.

Wenn ich im Gefängnis nicht diese dummen Fantasien von ihm gehabt hätte, wäre es auch weniger verheerend gewesen.

Ich atme tief durch und zwinge mich dazu, mich von der Tür abzudrücken und auf die Toilette zu gehen. Ich habe nur wenige Minuten, bevor Lucas zu mir zurückkommt und ich kann es mir nicht leisten, diese Zeit zu verschwenden. Während ich meine Hände wasche und meine Zähne putze, betrachte ich mich im Spiegel und versuche mich davon zu überzeugen, dass ich das schaffen kann — dass ich jeder Art von Bestrafung widerstehen kann, selbst wenn es sich dabei um Sex handeln sollte.

»Deine Zeit ist um.« Seine tiefe Stimme schreckt mich auf und ich bemerke, dass ich einfach nur mit laufendem Wasser dagestanden habe. »Komm heraus.«

Panik steigt in mir auf. »Nur noch eine Sekunde«, rufe ich.

Ich bin noch nicht bereit dafür. Ich bin noch nicht bereit für ihn. Zum ersten Mal seit Wochen habe ich etwas Normales gegessen und geduscht, und aus irgendeinem Grund macht das alles schlimmer. Da ich mich jetzt wieder halbwegs menschlich fühle, bin ich mir meiner Nacktheit und der Tatsache, dass ich einem Mann ausgesetzt bin, der mich verletzen möchte, mehr als bewusst.

Mein Herz klopft, als ich meinen Blick durch das Badezimmer schweifen lasse. Lucas wäre nicht so dumm, eine Waffe herumliegen zu lassen, aber ich brauche auch nicht viel. Mein Blick fällt auf die Plastikzahnbürste, die ich eben benutzt habe, und ich nehme sie mir. Mit beiden Händen zerbreche ich sie. Wie ich gehofft hatte, ist die Bruchstelle scharfkantig und gezackt und ich verstecke meine neue Waffe mit einem festen Griff in meiner rechten Hand.

Ich atme erneut tief ein, öffne die Tür und trete hinaus. »Fertig«, sage ich und hoffe, dass er die Anspannung in meiner Stimme nicht bemerkt.

»Gehen wir.« Lucas ergreift meinen linken Arm und ich stolpere — diesmal absichtlich. Er dreht sich herum um mich aufzufangen und in diesem Moment stoße ich meine selbstgebastelte Waffe nach oben und ziele dabei auf seine Niere. Ich unterdrücke den Teil meines Gehirns, der bei dem Gedanken ihm wehzutun zusammenzuckt, den Teil, in dem jene Fantasien noch lebendig sind, und lasse mich von meinem Training führen.

Im letzten Moment dreht Lucas sich reflexartig um und anstatt in ihn zu stechen, fahre ich nur an seinem Oberkörper entlang. Die zerbrochene Zahnbürste bleibt an seinem T-Shirt hängen, so dass ich sie loslassen muss, aber das hält mich nicht auf. Er umfasst immer noch meinen Arm, also lasse ich mich auf den Boden fallen, so dass mein ganzes Gewicht an diesem Arm hängt, und trete mit meinem rechten Bein nach oben. Mein Fuß trifft auf seinen Kiefer und der Aufschlag jagt eine Schmerzwelle durch mich hindurch. Lucas springt zurück, wodurch ich diese Millisekunde bekomme, die ich brauche, um mich aus seinem Griff herauszuwinden.

Ich schaffe es, mich hinzustellen und renne in die Küche, um mir ein Messer zu schnappen, aber bevor ich auch nur zwei Schritte tun kann, wirft er sich von hinten auf mich. Es gelingt mir, mich halb rollend herumzudrehen als wir auf dem Teppich landen, und meinen Ellenbogen in seinen harten Bauch zu rammen. Durch den Aufschlag bekomme ich einen tauben Arm. Er stöhnt auf, aber rollt weiter und einen Augenblick später hält er mich auf dem Boden fest. Er ergreift meine Handgelenke und hebt sie über meinen Kopf, während er gleichzeitig meine Beine mit seinen kräftigeren Gliedmaßen am Boden festnagelt.

Ich kann mich nicht bewegen. Ich befinde mich ein weiteres Mal hilflos unter ihm.

Ich atme schwer, blicke zu ihm hinauf und meine Eingeweide ziehen sich vor Angst zusammen, während ich auf meine Bestrafung warte. Unser Kampf hat ihn erregt; ich kann die harte Wölbung in seiner Jeans an meinem Bauch spüren. Oder er ist noch steif von eben.

Wie dem auch sei, ich weiß, dass er mich bestrafen wird.

Er atmet ebenfalls schwer, wie ich an dem Heben und Senken seiner Brust auf mir spüre. Ich kann die brennende Wut in seinen blassen Augen sehen — Wut und etwas viel Primitiveres.

Zu meinem Entsetzen durchfährt mich sanft eine Hitzewelle, als mein Kopf meine derzeitige entsetzliche Zwangslage mit der spektakulären Lust jener einen Nacht in Verbindung bringt. Damals lag ich auch unter ihm und mein Körper scheint nicht zu verstehen, dass die Situation eine andere war.

Dieser Mann auf mir will nicht nur meinen Körper.

Er will Rache.

Er senkt seinen Kopf und ich erstarre, atme kaum, als seine Lippen an meinem linken Ohr entlangfahren. »Das hättest du nicht tun sollen«, flüstert er und die feuchte Hitze seines Atems brennt auf meiner Haut. »Ich wollte dir mehr Zeit geben, damit du kräftiger werden kannst, aber jetzt nicht mehr …« Sein Mund legt sich auf meinen Hals und ich spüre, wie seine Zunge über diese empfindliche Stelle gleitet, so als würde sie sie kosten. »Du hast meine Geduld aufgebraucht, meine Schöne.«

Ich erschaudere und versuche, mich diesem heißen, lasterhaften Mund zu entziehen, aber ich kann ihm nicht entweichen. Lucas umhüllt mich, sein muskulöser Körper liegt groß und schwer auf mir. Dieser kurze Energieschub, den ich nach dem Essen verspürte, ist weg und nach Wochen voller Entbehrungen habe ich keine Kraft mehr. Erschöpft höre ich auf, mich zu wehren — und bemerke, dass diese sanfte Hitzewelle die sich durch mich schlängelt, in meinem Innersten angekommen ist und ich wegen dieser unwillkommenen Lust feucht werde.

»Lucas, bitte.« Ich weiß nicht, warum ich bettele. Ich habe gerade versucht, ihn zu verwunden; er wird nicht noch einmal gnädig zu mir sein. »Bitte, tu das nicht.« Die unlogische Reaktion meines Körpers sollte mich das leichter ertragen lassen, aber sie verstärkt meine Hilflosigkeit — die Tatsache, dass ich keinerlei Kontrolle habe. Ich kann das bei ihm nicht ertragen. Es würde mich zerstören. »Bitte, Lucas …«

Er bewegt sich auf mir, ohne seinen Mund von meinem Ohr zu entfernen. »Was soll ich nicht tun?«, flüstert er und legt meine Handgelenke in eine seiner großen Hände. Er lässt seine freie Hand zwischen uns entlanggleiten und seine Finger verschwinden zwischen meinen Oberschenkeln, um zu meinem Geschlecht zu gelangen. »Das?« Sein Daumen drückt sich auf meine Klitoris während sein Zeigefinger in mich eindringt.

Ich krümme mich und die Hitze in mir wird zu einem pulsierenden Verlangen. Meine Nippel verhärten sich und ich spüre, dass ich noch feuchter werde, da mein Körper diesen Akt will, der meine Seele zerstören würde. »Nicht. Bitte nicht.« Tränen, dumme, pathetische Tränen steigen auf und ich kann sie nicht zurückhalten. Sie überschwemmen meine Augen, laufen meine Schläfen hinunter und ich sterbe vor

Scham über meine Schwäche. »Nicht, bitte …« Sein Finger vergräbt sich tiefer in mir und die alten Erinnerungen steigen auf, führen mich zurück zu diesem dunklen, erstickenden Ort. Mein Atem verwandelt sich in panisches Keuchen und meine Stimme wird schrill. »Bitte, Lucas, tu das nicht!«

Zu meiner Überraschung hält er inne und rollt sich fluchend von mir, bevor er sich mit einer geschmeidigen Bewegung hinstellt. »Steh auf«, faucht er und ergreift meine Arme, um mich nach oben zu ziehen. Sobald ich stehe, zerrt er mich ins Wohnzimmer, stößt mich auf das Sofa und sagt durch zusammengebissene Zähne: »Wenn du auch nur einen Muskel bewegst …«

Wie betäubt sehe ich ihm dabei zu, wie er um die Ecke verschwindet und einen Moment später mit einem Stuhl und einem Seil zurückkommt. Er platziert beides in der Mitte des Raumes. Ich habe mich nicht bewegt — ich zittere viel zu sehr — und ich wehre mich auch nicht, als er mich aufhebt, um mich auf den Stuhl zu setzen und meine Arme hinter meinem Rücken an dem stabilen Holzrahmen des Stuhls zu fesseln. Danach benutzt er ein weiteres Seil, um meine Knöchel mit gespreizten Beinen an die Stuhlbeine zu binden.

Als er damit fertig ist, steht er auf und betrachtet mich. Die Beule in seiner Hose ist immer noch sichtbar, aber die Hitze in seinen Augen hat sich abgekühlt und seinen Blick gewohnt eisig werden lassen.

»Ich bin in einigen Minuten zurück«, lässt er mich unfreundlich wissen. »Wenn ich wieder da bin, solltest du besser bereit sein, mit mir zu reden.«

Und bevor ich ihm antworten kann, verlässt er den Raum und lässt mich gefesselt, nackt und alleine zurück.

NEUNZEHNTES KAPITEL

❖ LUCAS ❖

Ich betrete das Badezimmer und schließe die Tür beherrscht hinter mir, gehe sicher sie nicht zu fest zuzuschlagen. Kontrolle — das ist alles was ich gerade brauche.

Kontrolle und Abstand zu ihr.

Mein Schwanz fühlt sich in meinen Jeans wie ein Stachel an und meine Eier sind so voll, dass ich jeden Moment abspritzen könnte. Ich war niemals so nah daran gewesen, eine Frau zu ficken und habe mich dann zurückgezogen.

Ich habe mir niemals etwas verweigert, was ich so unbedingt wollte.

Sie lag dort ausgestreckt unter mir, mit ihrem langen, schlanken Körper, so nackt und verletzlich. Ich hätte sie auf jede Art und Weise ficken können, die ich wollte, hätte meine Wut an ihrem zarten Fleisch auslassen können, um den Hunger zu beruhigen, der mich schon so lange quält.

Aber ich habe sie gehen lassen.

Scheiße.

Ich blicke in den Spiegel und sehe Wut und Frustration auf meinem Gesicht. Sie wollte mich, ich habe gespürt wie feucht sie war, wie ihr Körper auf mich reagiert hat — und trotzdem hab ich sie davonkommen lassen.

Trotz der brennenden Hitze in meinem Körper konnte ich es nicht über mich bringen, sie zu vergewaltigen.

Meine Schwäche ekelt mich an und ich schaue weg, während ich meine Finger durch mein kurzes Haar gleiten lasse. Vergewaltigung ist nicht schlimmer als die Verbrechen, die ich in den vergangenen Jahren ausgeführt habe. Im Dienste Esguerras habe ich Männer und Frauen gefoltert und getötet, ohne mich jemals schlecht dabei gefühlt zu haben. Yulia zu nehmen sollte die leichteste Sache der ganzen Welt sein — ich habe während der letzten zwei Monate jede Nacht davon geträumt, sie zu ficken — und trotzdem habe ich von ihr abgelassen.

Ich habe von ihr abgelassen, weil das Entsetzen in ihrer Stimme echt war und ich es nicht ignorieren konnte.

Ich knirsche mit den Zähnen, hebe mein T-Shirt hoch und untersuche meine Rippen. Dort, wo mich Yulias Waffe gestreift hat, ist kein Blut zu sehen, aber ich habe einen üblen roten Kratzer. Wahrscheinlich hatte sie es auf meine Niere abgesehen. Wenn ich nicht schnell genug gewesen wäre, würde ich jetzt unter höllischen Schmerzen auf diesem Boden verbluten — vorausgesetzt sie hätte mir nicht gleich die Kehle durchgeschnitten. Jetzt schmerzt mein Kinn an der Stelle, wo ihr Fuß mich getroffen hat und erinnert mich daran, wie verräterisch und gefährlich sie ist.

Es wäre cleverer gewesen, sie bei den Russen zu lassen.

Nein. Sobald mir dieser Gedanke durch den Kopf geht, spannt sich mein ganzer Körper ablehnend an. Jetzt, da sie sich endlich in meinem Besitz befindet, ist der Gedanke, dass jemand Anderes sie quält, unerträglich. Alles in mir schreit, dass sie mir gehört — ich sie ficken und bestrafen kann wie ich möchte.

Niemand wird jemals wieder seine Hände an sie legen.

Ich öffne den Reißverschluss meiner Jeans, hole meinen harten Schwanz heraus und umschließe ihn mit meiner Faust. Ich schließe meine Augen und stelle mir vor, dass ich in ihr bin und es ihre Muschi ist, die meinen Schwanz so fest umschießt.

Mit diesen pornographischen Bildern in meinem Kopf komme ich nach weniger als einer Minute und mein Samen landet in dem weißen Waschbecken.

ZWANZIGSTES KAPITEL

❖ YULIA ❖

Ich weiß nicht, wie lange ich benötige um zu begreifen, dass diese Gnadenfrist echt ist und ich mich endlich genug beruhige, um nicht mehr zu zittern.

Er hat es nicht getan.

Er hat mich nicht gezwungen.

Ich kann es immer noch nicht glauben. Ich weiß wie steif er war — ich habe es gefühlt. Es gab keinen guten Grund für ihn, Gnade zu zeigen. Ich bin nicht irgendeine Frau die er in einer Bar kennengelernt hat; ich bin der Feind, der gerade versucht hat ihn zu verletzen. Er sollte sich an meinem pathetischen Flehen geweidet haben und die Schwäche, die ich gezeigt habe, ausgenutzt haben, um mich komplett zu brechen.

Zumindest habe ich genau das von ihm erwartet.

Ich senke meinen Kopf und blicke auf meine nackten Beine, während ich versuche zu verstehen, weshalb er aufgehört hat. Lucas Kent ist kein Neuling in diesem Leben — ganz im Gegenteil. Seiner Akte nach ist er gleich nach der Highschool zur United States Navy gegangen und hat einige Monate später mit dem SEAL Trainingsprogramm begonnen. In den Aufzeichnungen stand nicht viel über seine Aufträge — nur dass es sich dabei normalerweise um geheime und extrem gefährliche Missionen gehandelt hat — aber der Grund für sein Ausscheiden wurde genannt.

Gegen ihn wurde nach acht Dienstjahren Anklage wegen Mordes erhoben. Der Mann, der mich gefangen hält, hat seinen Kommandanten ermordet und ist danach im südamerikanischen Dschungel verschwunden. Nach diesem Vorfall weist die Akte eine Lücke von vier Jahren auf, bevor Lucas Kent irgendwann als Esguerras Vertrauter und extrem tödlicher zweiter Mann auftaucht.

Ich spüre ein Kribbeln in meinen Armen und irgendein sechster Sinn veranlasst mich, nach oben zu blicken.

Zwei dunkle Augenpaare schauen mich durch das Fenster an, eines von ihnen groß und von dichten Wimpern umrandet, das andere leicht mandelförmig.

Es handelt sich um zwei junge Frauen, wird mir klar, als die Besitzerin der vollen Wimpern sich duckt, um nicht von mir gesehen zu werden, und ich nur noch auf den mutigeren Eindringling blicke. Das verbleibende Mädchen hat ungefähr mein Alter und sieht mit ihrem bronzefarbenen, runden Gesicht, das von weichem dunklen Haar eingerahmt wird, kolumbianisch aus. Sie ist hübsch — und ihrem starren Blick nach zu urteilen extrem neugierig auf mich.

Ich habe keine Zeit noch mehr wahrzunehmen, denn eine Sekunde später duckt sie sich und verschwindet ebenfalls.

Irritiert blicke ich weiterhin erwartungsvoll auf das Fenster, aber sie kommen nicht zurück. Stattdessen höre ich Schritte und als ich mich umdrehe, sehe ich, dass Lucas das Zimmer mit einem weiteren Stuhl betritt.

Er stellt ihn mir gegenüber ab und setzt sich mit vor der Brust verschränkten Armen auf ihn. »In Ordnung, Yulia.« Sein Blick ist hart und fährt meinen nackten Körper hinab, bevor er sich wieder meinem Gesicht zuwendet. »Warum beginnst du nicht einfach damit, mir deine Geschichte zu erzählen.«

Meine Erholungspause ist vorbei.

Ich versuche ruhig zu bleiben und befeuchte meine Lippen. »Könnte ich bitte etwas Wasser bekommen?« Ich habe Durst — und will die Befragung so lange wie möglich herauszögern.

Er bewegt sich nicht. »Rede, und ich gebe dir Wasser.«

Ich schlucke, als ich sein entschlossenes Kinn sehe. »Was möchtest du wissen?« Vielleicht gibt es einige unwichtigere Dinge, die ich ihm erzählen könnte, so wie ich es bei den Russen getan habe. Ich kann zugeben, dass ich für die Ukrainer spioniere — das weiß er sowieso schon — und ich könnte ihm ein wenig über mich erzählen.

Vielleicht werden mir diese Informationen noch ein wenig schmerzfreie Zeit verschaffen.

»Du hast mir gesagt, dass du mit elf Jahren begonnen hast.« Er betrachtet mich kalt, ohne auch nur einen Hauch der Lust, die zwischen uns gebrannt hat. »Erzähle mir von ihnen, den Menschen, die dich rekrutiert haben.«

Das war es dann wohl mit meiner Hoffnung, ihn erst einmal mit harmlosen Enthüllungen zufriedenzustellen.

»Ich weiß nicht viel über sie«, sage ich. »Sie haben mir Aufträge gegeben, das ist alles.«

Seine Augen verengen sich. Er weiß, dass ich lüge. »Ist das so?« Seine Stimme ist täuschend ruhig. »Und war das Einschreiben in der Moskauer Staatsuniversität auch ein Auftrag?«

»Ja.« Es ist sinnlos, das abzustreiten. »Sie haben mir gefälschte Papiere gegeben und mich an der Universität eingeschrieben, damit ich in Moskau leben und an die Schlüsselpersonen der russischen Regierung herankommen konnte.«

»Wie, an sie herankommen?« Er beugt sich nach vorne und ich sehe etwas Dunkles in seinen blassen

Augen aufblitzen. »Wie genau wollten sie dich den Auftrag ausführen lassen, meine Schöne?«

Ich antworte ihm nicht, aber ich kann sehen, dass er die Antwort kennt. Auf welche andere Weise würde sich eine junge Frau Zugang zu den Regierungskreisen verschaffen.

»Wie viele?« Lucas' Stimme ist schneidend genug, um mich zu zerstückeln. »Wie viele musstest du ficken, um nahe genug heranzukommen?«

»Drei.« Zwei niedrigere Regierungsbeamte und einen von Buschekovs Freunden — durch den ich den Job als Buschekovs Übersetzerin bekommen habe. »Ich musste mit drei Männern schlafen.« Ich blicke Lucas an und ignoriere das Schamgefühl tief in meiner Brust. »Esguerra wäre der vierte gewesen, aber stattdessen bin ich bei dir gelandet.«

Seine Augen verengen sich noch mehr und mein Puls rast durch die kalte Angst, die ich verspüre. Ich weiß nicht, warum ich ihn derart reize. Lucas wütend zu machen ist eine schlechte Idee. Ich muss ihn friedlich stimmen, um mir mehr Zeit zu erkaufen. Es ist unwichtig, dass sich die Verachtung auf seinem Gesicht wie ein Messer anfühlt, dass sich in meine Leber schiebt.

Ein richtiges Messer wäre allerdings sehr viel schlimmer.

Plötzlich steht er auf, beugt sich über mich und ich versuche nicht zusammenzuzucken, während ich meinen Kopf anhebe um seinen Blick zu erwidern.

Seine Augen blitzen und ich sehe, wie erneut Wut in ihren blaugrauen Tiefen flackert. Einen Moment lang bin ich davon überzeugt, dass er mich schlagen wird, aber stattdessen ergreift er mit seiner Faust ein Haarbüschel und zwingt meinen Kopf dazu, sich weiter nach hinten zu lehnen.

»Hast du sie begehrt?« Seine Finger verstärken ihren Griff an meinem Haar und meine Augen tränen durch die Schmerzen auf meinem Kopf. »Hat deine Muschi auch nach ihnen geschrien?«

»Nein.« Ich sage ihm die Wahrheit, aber ich kann erkennen, dass er mir nicht glaubt. »Es war nichts dergleichen mit ihnen. Es war einfach etwas, das ich tun musste.« Ich weiß nicht, warum ich versuche ihn davon zu überzeugen. Ich will nicht, dass er weiß, dass er etwas Besonderes war, aber gleichzeitig kann ich mich nicht dazu bringen, zu lügen. »Es war mein Job.«

»Genauso wie ich dein Job war.« Er schaut auf mich hinab und ich erhasche einen Blick auf die dunkle Lust, die sich hinter seiner Wut versteckt. »Du hast mir deinen Körper gegeben, um Informationen zu bekommen.«

Ich streite das nicht ab und sehe, wie sich seine Brust ausdehnt als er einatmet. Ich bereite mich auf verletzende und verurteilende Worte vor, aber sie kommen nicht. Stattdessen lässt sein schmerzhafter Griff an meinem Haar etwas nach, so als würde ihm auffallen, dass es mein Hals nicht lange in dieser Stellung aushalten kann.

»Yulia ...« Seine Stimme hat einen eigenartigen Klang. »Wie alt warst du, als du mit dem ersten von ihnen geschlafen hast?«

Ich blinzele, da mich diese Frage überrascht. »Sechzehn.«

Zumindest hat in diesem Alter meine Beziehung zu ihm begonnen. Boris Ladrikov, ein kleiner Mann mit leicht schütterem Haar der ein Mitglied der Staatsduma war, war mein erster Freund und unsere Affäre dauerte fast drei Jahre an. Er hat mich den ganzen wichtigen Menschen vorgestellt, einschließlich Vladimir, der mein nächster zugeteilter Liebhaber geworden war.

»Sechzehn?«, wiederholt Lucas und ich bemerke, dass ein Muskel neben seinem Ohr zuckt. Er ist wütend, aber ich habe keine Ahnung warum. »Wie alt war deine Zielperson?«

»Achtunddreißig.« Ich weiß nicht, warum mich Lucas diese ganzen unwichtigen Fragen fragt, aber ich beantworte sie gerne, solange ihn das von wichtigeren Themen ablenkt. »Er dachte, dass ich achtzehn sei; die Identität die ich angenommen hatte, war zwei Jahre älter.«

Ich erwarte, dass Lucas weiter nachbohrt, aber zu meiner Überraschung lässt er mein Haar los und tritt zurück.

»Das reicht für den Moment«, sagt er und mir fällt auf, dass seine Stimme erneut diesen eigenartigen Klang hat. »Wir werden bald damit fortfahren.«

Ohne ein weiteres Wort zu sagen, dreht er sich herum und verlässt den Raum. Eine Minute später höre ich, wie die Eingangstür geöffnet und geschlossen wird und ich weiß, dass ich wieder alleine bin.

EINUNDZWANZIGSTES KAPITEL

❖ LUCAS ❖

Ein Kind. Sie war ein verdammtes Kind, als sie sie nach Moskau geschickt und gezwungen haben, mit schmierigen Arschlöchern der Regierung zu schlafen.

Die Wut, die durch mich hindurchrauscht, fühlt sich heiß genug an, um meine Eingeweide zu verbrennen. Ich hatte meine ganze Selbstbeherrschung aufbringen müssen, um meine Reaktion vor Yulia zu verbergen. Wenn ich das Haus nicht verlassen hätte, hätte ich mit der Faust ein Loch in die Wand geschlagen.

Eine Stunde später ist dieser Impuls immer noch nicht verschwunden, also schlage ich weiter auf den Sandsack vor mir ein und kanalisiere meine Wut mit jedem Schlag. Ich kann die fragenden Blicke der anderen Männer sehen, da ich das gleiche seit vierzig Minuten tue und nicht einmal unterbrochen habe, um etwas zu trinken.

»Lucas, du verrückter Gringo, was ist denn mit dir los?« Die Stimme dieses Mannes unterbricht meine Konzentration und als ich herumwirbele, sehe ich Diego hinter mir stehen. Der große Mexikaner grinst, so dass seine weißen Zähne in seinem bronzefarbenen Gesicht aufblitzen. »Solltest du dir nicht ein wenig Energie für deine Gefangene aufheben?«

»Fick dich, pendejo.« Ich greife durch die Unterbrechung verärgert nach meiner Wasserflasche auf dem Boden und trinke einen Schluck. Eigentlich mag ich Diego, aber in diesem Moment bin ich versucht, ihn als Sandsack zu benutzen. »Meine Gefangene geht dich einen Scheißdreck an.«

»Ich habe geholfen, sie hierherzubringen, also geht sie mich ein bisschen was an«, widerspricht er, aber das Grinsen verschwindet aus seinem Gesicht. Er hat verstanden, dass ich in keiner guten Stimmung bin. »Sie ist die Schlampe, die den Absturz verursacht hat, stimmt's?«

Ich wische den Schweiß von meiner Stirn. »Wieso glaubst du das?« Ich hatte angenommen, dass nur Esguerra, Peter und ich über Yulias Rolle in der Geschichte Bescheid wüssten.

Diego zuckt mit den Schultern. »Wir haben sie von einem russischen Gefängnis abgeholt und alle wissen, dass die Ukrainer dahinterstecken. Also würde es zusammenpassen. Außerdem schien das eine recht persönlich Angelegenheit zu sein ...« Seine Stimme verstummt, als ich ihn fest anblicke.

»Wie gesagt, sie geht dich einen Scheißdreck an«, erwidere ich kalt. Ich möchte auf keinen Fall mit den anderen Männern über Yulia sprechen. Was eigentlich die einfachste Sache der Welt sein sollte — Rache zu üben — hat sich in ein Desaster epischen Ausmaßes verwandelt. Das Mädchen, das sich gefesselt auf dem Stuhl in meinem Wohnzimmer befindet, ist nicht so, wie ich erwartet hatte, und ich habe keine Ahnung, was ich jetzt tun soll.

»Okay, kein Problem.« Diego grinst erneut. »Aber eine Sache würde ich gerne wissen: hast du sie schon gefickt? Trotz ihres Gefängnisgestanks ist mir nicht entgangen, wie heiß sie ist —«

Meine Faust trifft auf sein Gesicht bevor er den Satz zu Ende gesprochen hat. Meine Reaktion ist ein Reflex; der Zorn, der mich erfüllt, ist einfach zu explosiv, um ihn kontrollieren zu können. Diego stolpert durch die Wucht meines Aufschlags nach hinten und ich folge ihm, springe auf ihn, so dass er zu Boden gerissen wird. Meine Beine protestieren gegen diese plötzliche Bewegung, aber ich ignoriere die Schmerzen und lasse einen Schlag nach dem anderen auf Diegos entsetztem Gesicht niedergehen.

»Kent, was soll das?« Hände nehmen mich in einen stählernen Griff und ziehen mich von meinem Opfer, widerstehen meinen Versuchen sie abzuschütteln. »Beruhige dich, Mann!«

»Was ist hier los?« Esguerras Stimme wirkt wie ein Schwall Eiswasser auf meine brennende Wut. Als ich wieder einen klaren Kopf bekomme, bemerke ich, dass Thomas und Eduardo meine Arme festhalten und unser Boss in etwa einem Meter Abstand am Eingang unseres Trainingsraums steht.

»Nur eine kleine Auseinandersetzung.« Es gelingt mir, meine Stimme trotz meines anhaltenden Blutrauschs ruhig zu halten. Thomas und Eduardo lassen mich los, als sie sehen, dass ich nicht länger gegen sie ankämpfe, und treten mit bedacht neutralen Gesichtsausdrücken zurück.

Ich weiß, dass ich etwas sagen muss, also drehe ich mich zu dem Wächter um, den ich angegriffen habe. »Es tut mir leid, Diego. Du hast mich in einem ungünstigen Moment erwischt.«

»Definitiv«, murmelt er und stellt sich unter Anstrengungen hin. Seine Nase blutet und sein linkes Auge schwillt bereits an. »Ich muss Eis darauf legen«, meint er und eilt aus der Halle. Esguerra schaut mich fragend an.

Ich zucke mit den Schultern, so als sei das Problem zu unwichtig gewesen, als dass es einer Erklärung bedürfe, und zu meiner Erleichterung geht Esguerra nicht weiter darauf ein. Stattdessen informiert er mich darüber, dass wir am späteren Abend ein Telefongespräch mit unserem Lieferanten aus Hong

Kong führen werden — er glaubt, es sei eine gute Idee, dass ich daran teilnehme — und geht zurück zu seinem Büro, während ich mit den Wächtern auf Bierdosen schieße und versuche, nicht an meine Gefangene zu denken.

ZWEIUNDZWANZIGSTES KAPITEL

❖ YULIA ❖

Ich weiß nicht, wie lange ich hier sitze und versuche, eine bequeme Position auf diesem harten Stuhl zu finden, aber irgendwann zieht ein leises Klopfen am Fenster meine Aufmerksamkeit auf sich. Erschreckt schaue ich auf und sehe das Mädchen, das mich zuvor schon einmal betrachtet hat — das mit dem runden Gesicht. Sie steht draußen, hat ihre Nase an das Glas gedrückt und starrt mich an. Ich kann ihre Freundin nicht sehen, also nehme ich an, dass sie dieses Mal alleine gekommen ist.

»Hallo?«, rufe ich, nicht sicher ob sie Englisch spricht und ob sie mich durch das Glas überhaupt hören kann. »Wer bist du?«

Sie zögert einen Moment bevor sie fragt: »Wo ist Lucas?« Ihre Stimme ist durch das Fenster kaum zu hören, aber ich erkenne, dass sie amerikanisches Englisch mit nur einem kleinen Hauch von einem Akzent spricht.

»Ich weiß es nicht. Es ist vor einer Weile weggegangen«, erkläre ich ihr und betrachte sie genauso eingehend wie sie mich. Es ist kein fairer Tausch; ich kann nur ihren Kopf erblicken, während sie mich so sieht, wie Gott mich erschaffen hat. Trotzdem bemerke ich ihre ebenmäßigen Gesichtszüge und ihre vollen Lippen und behalte diese Dinge in meinem Hinterkopf, falls ich sie später gebrauchen könnte.

Wer ist sie? Könnte sie Lucas' Freundin sein? In der Akte wurde niemand erwähnt, aber Obenko würde auch nichts darüber wissen, wenn Lucas hier auf dem Anwesen jemanden hätte. Mein Entführer könnte sogar eine Frau und drei Kinder hier haben, ohne dass irgendjemand im Rest der Welt etwas davon weiß. Eine junge hübsche Freundin ist da nicht abwegig; Lucas ist ein kräftiger, stark sexueller Mann, der kein Problem damit hat Frauen anzuziehen, nicht einmal an einem solch abgelegenen Ort wie dieser Ansiedlung.

Je länger ich darüber nachdenke, desto mehr Sinn ergibt es. Genau das ist der Grund dafür, weshalb er mich vorhin nicht genommen hat.

Es war nicht, weil ich gebettelt habe — es war, weil er nicht untreu sein wollte.

»Was willst du?«, frage ich das Mädchen und versuche das unlogische Gefühl, betrogen worden zu sein, das mich bei dieser Erkenntnis überkommt, zu ignorieren. Sie scheint nicht entsetzt zu sein, mich nackt und gefesselt zu sehen, also weiß sie offensichtlich, was ihr Freund so treibt. »Warum bist du hier?«

Sie öffnet ihren Mund, so als würde sie antworten wollen, aber stattdessen duckt sie sich und ich kann sie nicht mehr sehen. Einen Augenblick später höre ich die Eingangstür und weiß, warum sie verschwunden ist.

Lucas ist zurück.

Eine leichte Erregung durchzieht mich, als ich seine Schritte höre. Er betritt den Raum, bleibt genau vor mir stehen und ich sehe, dass seine gebräunte Haut schweißig glänzt. Sein ärmelloses T-Shirt klebt an seiner muskulösen Brust und in der Mitte sehe ich ein schweißnasses V. Er sieht stark aus, kompromisslos männlich und als ich seinem eisigen Blick begegne, werde ich mir der Hitze zwischen meinen Beinen bewusst.

So unglaublich das auch ist, ich will ihn.

Unter Anstrengungen trenne ich meinen Blick von seinem Gesicht, da ich Angst habe, er könne bemerken, was ich fühle. Nichts an meinen Reaktionen auf ihn ergibt Sinn. Ich habe gerade erkannt, dass er eine Freundin hat, und selbst wenn das nicht der Fall wäre: wie kann ich einen Mann begehren, den ich fürchte? Und warum hat er mir noch nicht wehgetan?

Mein Blick fällt auf seine Knöchel.

Er muss gerade jemanden zusammengeschlagen haben.

Ich möchte ihn dazu befragen, aber ich bleibe stumm und schaue auf meine Knie. Er ist immer noch wütend, das kann ich spüren, und ich will ihn nicht reizen. Ich spreche auch seine Freundin nicht an obwohl ich dafür sterben würde, ihn damit zu konfrontieren. Aus irgendeinem Grund wollte das dunkelhaarige Mädchen nicht, dass er weiß, dass sie mir hinterherspioniert hat, und ich will sie noch nicht verraten.

Ich muss jeden Vorteil nutzen, egal wie klein er ist.

»Hast du Hunger?«, fragt Lucas und ich schaue durch die Frage überrascht auf.

»Ich könnte etwas essen«, erwidere ich vorsichtig. In Wirklichkeit bin ich am Verhungern, da mein Körper nach wochenlangem Nahrungsentzug nach Essen verlangt, aber ich möchte nicht, dass er diese Tatsache gegen mich verwenden kann. Ich muss auch dringend aufs Klo — ich versuche schon angestrengt, nicht daran zu denken.

Er blickt mich eindringlich an, so als würde er eine Entscheidung treffen wollen. Dann dreht er sich um, verschwindet im Flur zum Badezimmer und ein wenig später höre ich das Geräusch laufenden Wassers. Duscht er sich?

Drei Minuten später ist er wieder da, bekleidet in schwarzen Baumwollshorts und einem frischen T-

Shirt. Auf seinem muskulösen Hals glitzern Wassertropfen und er riecht nach dem Duschgel das ich vorhin benutzt habe, was meine Vermutung mit der Dusche bestätigt.

Er kniet sich vor mir hin, löst geschickt meine Fußfesseln und geht dann um mich herum, um meine Arme zu befreien. »Komm«, sagt er und greift nach meine Ellenbogen um mich auf meine Beine zu stellen. »Du kannst zur Toilette gehen, und danach gebe ich dir etwas zu essen.«

Er führt mich zum Badezimmer und ich gehe neben ihm, da ich zu entsetzt bin, um an einen weiteren Fluchtversuch zu denken. »Mach«, meint er als wir dort ankommen, schiebt mich durch die Tür und ich gehe hinein, da ich mein Glück nicht auf die Probe stellen möchte.

Als ich meine Hände wasche, sehe ich eine neue, unzerbrochene Zahnbürste auf der Ablage. Einen Augenblick lang bin ich versucht, meinen letzten Angriff zu wiederholen, aber tue es dann doch nicht. Wenn ich ihn nicht mal mit dem Überraschungsmoment überrumpeln konnte, werde ich ihn mit Sicherheit nicht in die Knie zwingen, wenn er bereits über meine Fähigkeiten Bescheid weiß.

Außerdem hat er gesagt, dass er mir etwas zu essen geben würde und mein Magen überschlägt sich allein bei dem Gedanken an Nahrung.

»Hände«, befiehlt Lucas und umfasst meine Handgelenke, sobald ich aus dem Badezimmer trete.

Ich zeige ihm meine geöffneten Handflächen, damit er sieht, dass sie leer sind. Er nickt zufrieden. »Braves Mädchen.«

Ich ziehe meine Augenbrauen wegen seines eigenartigen Verhaltens in die Höhe, aber er führt mich bereits in die Küche.

»Setz dich hin«, weist er mich auf einen Stuhl zeigend an und ich folge seinem Befehl, während ich ihm dabei zuschaue, wie er die gleichen Zutaten herausstellt, die er schon mittags benutzt hat, und damit beginnt, zwei Sandwiches zuzubereiten. Als er beschäftigt ist, fahre ich die Küche mit den Augen ab, um etwas zu finden, das ich als Waffe benutzen könnte. Zu meiner Enttäuschung sehe ich weder einen Messerblock noch ähnliche Dinge. Die Arbeitsflächen sind leer und sauber, abgesehen von den Dingen, die er für die Zubereitung der Sandwiches benötigt. Er trägt auch keine Pistole; er muss seine Waffen an einem anderen Ort lagern, wie zum Beispiel in seinem Auto.

»Hier«, sagt er und stellt mir einen Teller hin, der, wie ich bemerke, jetzt aus Papier ist und nicht mehr aus Keramik. Das Messer mit dem er die Mayonnaise verschmiert, ist ebenfalls aus Plastik. Ich zweifele nicht daran, dass ich etwas finden würde, wenn ich seine Schubladen durchsuchte, aber Lucas wäre schon bei mir, bevor ich die Schubladen überhaupt geöffnet hätte.

Meine Hände sind zwar nicht gefesselt, aber Flucht ist ausgeschlossen.

Ich fahre mit meiner Zunge über meine trockenen Lippen. »Könnte ich bitte —«

»Wasser? Bitteschön.« Er füllt einen Papierbecher mit Wasser aus dem Hahn und stellt ihn vor mir ab, bevor er sich mit seinem eigenen Sandwich mir gegenüber hinsetzt.

Ich habe eine Milliarde Fragen an ihn, aber ich trinke das Wasser und esse den Großteil meines Sandwiches, bevor ich meinem Drang nachgebe. Ich will ihn auf gar keinen Fall wütend machen und dadurch die Mahlzeit ausfallen lassen.

Schließlich kann ich nicht länger warten. »Warum tust du das?«, frage ich, während er sein Essen beendet. Mein Magen ist so voll, dass er gleich platzt und ich kann spüren, dass ich stärker werde, als mein Körper die Kalorien aufnimmt. »Was willst du von mir?«

Lucas schaut mich mit einem angespannten Gesichtsausdruck an und ich bemerke, dass er gerade auf meine Brüste gestarrt hat, die trotz meiner langen Haare sichtbar sind. Hitze steigt in mir auf und meine Nippel werden hart, da ich auf die unverhohlene Lust in seinen Augen reagiere. Ich bin den ganzen Tag lang nackt vor ihm gewesen und habe mich daran gewöhnt, was allerdings nicht bedeutet, dass diese Situation nicht sexuell angespannt ist. Als ich ihm in die Augen schaue dämmert mir, dass ein Teil des Grundes für dieses schweigende Abendessen der ist, dass er von meinem unbekleideten Körper abgelenkt wurde.

Er begehrt mich immer noch und ich weiß nicht, ob mich dieses Wissen erschreckt oder erregt.

»Erzähle mir von ihnen«, sagt er plötzlich. »Erzähle mir von den Menschen, die dich rekrutiert haben und dich all diese Dinge tun ließen.«

Und da ist er auch schon, der wahre Grund dafür, warum er die ganze Zeit so nett zu mir ist. Er spielt den guten Polizisten im Gegensatz zu den bösen russischen, den Retter ihrer Sklavin. Das ist so dicht an meinen Fantasien, dass ich weinen möchte. Nur dass er mich nicht retten, sondern Antworten bekommen will.

»Was ist an jenem Tag geschehen?«, frage ich stattdessen. Diese Frage hat mich gequält, seitdem ich erfahren habe, dass er und Esguerra leben. »Wie habt ihr überlebt?«

Lucas' Kiefer spannt sich an und die Lust in seinem Blick verschwindet. »Du meinst den Flugzeugabsturz?«

»Also gab es einen Flugzeugabsturz?« Ich war mir nicht sicher gewesen, auch wenn ich angenommen hatte, dass sein Bedürfnis, mich büßen zu lassen bedeutete, dass etwas geschehen sein musste.

Lucas beugt sich nach vorne und seine Hände zerknüllen den leeren Pappteller. »Ja, es gab einen Flugzeugabsturz. Haben dich deine Vorgesetzten nicht darüber informiert?«

Ich kämpfe dagegen an, wegen des neuentflammten Zorns in seiner Stimme zusammenzuzucken. »Das haben sie, aber ich dachte, dass sie vielleicht falsch unterrichtet waren.«

»Weil wir überlebt haben?«

Ich nicke und halte meinen Atem an.

Er betrachtet mich einen Augenblick lang, dann steht er auf und geht um den Tisch herum. »Komm«, sagt er, während er meine Hand ergreift. »Wir sind hier fertig.«

Damit zerrt er mich zurück ins Wohnzimmer, fesselt mich an den Stuhl und lässt mich, die Eingangstür laut zuschlagend, erneut allein.

DREIUNDZWANZIGSTES KAPITEL

❖ LUCAS ❖

Während Esguerra die neuesten Transportprobleme mit unserem Zulieferer aus Hong Kong bespricht, sitze ich schweigend da und meine Aufmerksamkeit gilt nur teilweise dem Videogespräch. Ich verstehe nicht, wie mich eine junge Frau nach derart allen Regeln der Kunst fesseln kann. In einer Minute will ich mich um sie kümmern, sie gesund und stark machen und in der nächsten bin ich hin- und hergezogen zwischen dem Wunsch sie zu ficken oder sie auf der Stelle zu töten.

Eine Kinderhure.

Das haben sie aus ihr gemacht. Sie haben sie mit elf Jahren zu sich geholt, sie trainiert und sie mit sechzehn Jahren und dem Auftrag Zugang zu den höchsten

Kreisen der Moskauer Regierung zu bekommen, in Moskau ausgesetzt.

Allein von dem Gedanken daran wird mir schlecht. Ich weiß auch gar nicht, was mich wütender macht: dass sie ihr das angetan haben, oder dass sie in den Flugzeugabsturz verwickelt war, der fünfundvierzig unserer Männer getötet und drei weitere so zurückgelassen hat, dass sie wegen ihrer Verbrennungen unkenntlich sind.

Wie ist es möglich, jemanden zu hassen und gleichzeitig das ihm zugefügte Leid rächen zu wollen?

»Ich danke Ihnen für ihre Zeit«, sagt Esguerra ungewohnt freundlich und ich sehe wie der alte runzlige Mann ihm auf dem Bildschirm zunickt, während er die gleichen Worte wie ein Papagei wiederholt. Es ist wichtig in diesem Teil der Welt auf die Feinheiten zu achten, selbst wenn man es mit Kriminellen zu tun hat.

Sobald Esguerra das Gespräch beendet, stehe ich auf, da ich ungeduldig bin, zu Yulia zurückzukehren. »Bis morgen«, sage ich und er nickt, während er immer noch an seinem Computer arbeitet.

»Bis morgen«, erwidert er, als ich hinausgehe.

Es ist dunkel draußen — dunkel, warm und feucht. Esguerras Büro ist ein kleines Gebäude neben dem Haupthaus und recht weit entfernt von den Unterkünften der Wächter, wo ich wohne. Ich hätte mit dem Auto fahren können, aber ich laufe generell gerne und nach dem zweistündigen Stillsitzen möchte ich dringend meine Beine bewegen und meinen Kopf freibekommen.

Ich bin noch nicht weit gekommen als ich höre, wie eine Frau meinen Namen ruft, und als ich mich umdrehe, sehe ich Esguerras Dienstmädchen, Rosa, schnellen Schrittes über die große Wiese eilen. An ihre Brust hat sie etwas gedrückt, das aussieht wie ein abgedeckter Kochtopf.

»Lucas, warte!« Sie hört sich atemlos an.

Ich bleibe stehen und bin neugierig, herauszufinden was sie möchte. Eduardo hat einmal von ihr erzählt, erinnere ich mich dunkel. Damals hat er sich häufiger mit ihr getroffen und meinte, sie sei auf diesem Anwesen geboren, weil ihre Eltern für Juan Esguerra, den Vater meines Bosses, arbeiteten. Ich habe sie hier häufiger gesehen und wir haben uns einige Male gegrüßt, aber ich habe niemals wirklich mit dem Mädchen gesprochen.

»Hier«, sagt sie, als sie vor mir stehen bleibt und mir den Topf gibt. »Ana wollte, dass ich dir das bringe.«

»Ach ja?« Überrascht nehme ich den schweren Behälter entgegen. Der Duft, der durch den Deckel dringt, ist so vollmundig und würzig, dass mir das Wasser im Mund zusammenläuft. »Warum?«

Esguerras Haushälterin lässt den Wächtern manchmal Kekse oder zusätzliches Obst zukommen, aber das ist das erste Mal, dass sie mich persönlich ausgewählt hat.

»Das weiß ich nicht.« Aus irgendeinem Grund röten sich Rosas Wangen. »Ich nehme an, dass sie eine Suppe gekocht hat, die Nora und der Señor nicht wollten.«

»Ich verstehe.« Eigentlich tue ich das nicht, aber ich werde keine Diskussionen über eine so köstlich riechende Mahlzeit anfangen. »Ich esse sie gerne, wenn sie sie nicht wollen.«

»Sie wollen nicht. Sie ist für dich.« Sie lächelt mich vorsichtig an. »Ich hoffe, du wirst sie mögen.«

»Ganz sicher«, sage ich und betrachte das Dienstmädchen. Sie ist hübsch, mit ihren üppigen Kurven und glitzernden braunen Augen, und als ihr Rot sich unter meinem Blick vertieft, dämmert mir, dass die Haushälterin mittleren Alters vielleicht doch nicht hinter dieser Sache steckt.

Rosa interessiert sich für mich. Plötzlich bin ich mir dessen sicher.

Ich versuche bestmöglich mein Unbehagen darüber zu verbergen, wünsche ihr eine gute Nacht und drehe mich um. Vor einigen Monaten hätte ich mich geschmeichelt gefühlt und gerne die Einladung angenommen, die in dem schüchternen Lächeln des Mädchens lag. Jetzt allerdings kann ich nur an diese Blondine mit den langen Beinen denken, die zu Hause auf mich wartet, und an die schmutzigen, wilden Dinge, die ich mit ihr anstellen möchte.

»Tschüss«, ruft Rosa als ich weitergehe und ich lächele sie neutral über meine Schulter an.

»Danke für die Suppe«, sage ich, aber sie rennt bereits zum Haus und ihre schwarze Dienstbekleidung bläht sich um sie auf wie ein Mantel.

* * *

Sobald ich zu Hause ankomme, stelle ich den Topf in den Kühlschrank und gehe ins Wohnzimmer. Meine Gefangene befindet sich noch genau dort, wo ich sie zurückgelassen habe: in der Mitte des Raumes an den Stuhl gefesselt. Yulias Kopf ist gesenkt und ihre langen blonden Haare verdecken den Großteil ihres Oberkörpers. Sie bewegt sich nicht, als ich mich ihr nähere und ich verstehe, dass sie eingeschlafen sein muss.

Ich knie mich vor sie und beginne damit, ihre Knöchel loszubinden ohne auf meine Reaktion auf ihre Nähe zu achten. Da ihre Beine auseinandergebunden sind, kann ich die zarten Fältchen zwischen ihren Beinen sehen und erinnere mich plötzlich lebhaft daran, wie ihre Muschi geschmeckt — und sich um meinen Schwanz angefühlt hat.

Scheiße.

Ich schaue auf meine Hände und bin entschlossen, mich auf meine Aufgabe zu konzentrieren. Es hilft nicht. Als meine Finger über ihre seidige Haut fahren, bemerke ich, dass ihre Füße lang und schlank sind, genau wie ihr restlicher Körper. Trotz ihrer Größe hat sie einen zierlichen Körperbau und ihre Knöchel sind so schmal, dass ich sie mit meinem Daumen und Zeigefinger umfassen kann.

Es würde keiner Anstrengung bedürfen, diese zarten Knochen zu brechen. Dieser Gedanke dringt durch meinen Lustnebel und ich konzentriere mich auf ihn, weil ich die Ablenkung begrüße. Genau das muss ich tun: ich muss sie als einen Feind betrachten und nicht als eine begehrenswerte Frau. Und als Feind wäre sie ein leichtes Opfer. Mit einem kleinen Kraftaufwand könnte ich ihr den Fuß brechen. Ich weiß das, weil ich so etwas schon getan habe. Vor einigen Jahren hat uns ein thailändischer Raketenhersteller betrogen und wir haben uns gerächt, indem wir seine komplette Familie töteten. Die Frau des Mannes versuchte, ihren Ehemann und die Söhne im Teenageralter zu verstecken, aber wir haben unter Folter ihren Aufenthaltsort herausgefunden, in dem wir ihr jeden Knochen ihrer Beine brachen.

Seitdem hatten wir in Thailand keine Schwierigkeiten mehr.

Genau das sollte ich mit Yulia tun: ihr wehtun, ihre Geheimnisse herausfinden und sie danach töten. Das erwartet auch Esguerra von mir.

Das hatte ich mit ihr vorgehabt, sobald ich sie in die Hände bekommen sollte.

Ihre Beine zucken, spannen sich unter meinem Griff an und als ich aufschaue, sehe ich, dass Yulia wach ist und ihre blauen Augen auf mein Gesicht gerichtet sind.

»Du bist zurück«, sagt sie ruhig und ich nicke nur, da ich wegen einer neuen brutalen Lustwelle gerade nicht sprechen kann. Mein Schwanz, der bereits leicht erhärtet war, verwandelt sich in meiner Hose in einen eisernen Stab und mir fällt auf, dass meine rechte Hand ihre Oberschenkelinnenseite hinaufgleitet, so als hätte sie ein Eigenleben. Höher und höher ... Ich kann spüren, dass Yulia sich noch mehr anspannt, kann hören, wie ihre Atmung sich verändert während ihre Pupillen sich weiten und ich weiß, dass sie Angst hat.

Angst und vielleicht noch etwas Anderes, das die aufsteigende Röte in ihrem Gesicht erklären würde.

Da ich meinem dunklen Drang nicht widerstehen kann, lasse ich meine Hand ihre Reise fortsetzen und meine Finger über die blasse Wölbung ihres Knies und die Weichheit ihrer Oberschenkelinnenseiten gleiten. Ihre Beinmuskeln sind so stark angespannt, dass sie unter meiner Berührung vibrieren und die Nippel unter ihrem Schleier aus Haaren ziehen sich zu kleinen rosafarbenen Knospen zusammen.

Ihr Kehlkopf bewegt sich als sie schluckt. »Lucas —«

Ich höre nicht, was sie mir sagen möchte, da in diesem Moment das Telefon in meiner Hosentasche laut klingelt.

Scheiße.

Völlig frustriert ziehe ich meine Hand von Yulias Oberschenkel zurück, um mein Telefon hervorzuziehen. Als ich darauf schaue, sehe ich eine Nachricht von Diego.

Potentielles Problem am North Tower One.

Ich will das Telefon am liebsten gegen die Wand schleudern, aber beherrsche mich. Stattdessen stehe ich auf und gehe zum Telefonieren in mein Büro, damit Yulia nicht mithören kann.

Bevor ich Diego anrufe, atme ich tief ein, um mich zu beruhigen.

»Was ist los?«, belle ich, sobald er abnimmt. »Was gibt es Wichtiges?«

»Wir haben einen Eindringling nahe der Nordgrenze aufgegriffen. Er behauptet, er sei ein Fischer, aber ich bin mir da nicht so sicher.«

Ich unterdrücke meine Wut. Diego hatte recht, mich zu alarmieren, auch wenn die Unterbrechung zu einem Scheißzeitpunkt kam. »In Ordnung. Ich werde in fünfzehn Minuten dort sein.«

Ich kehre ins Wohnzimmer zurück und befreie Yulia schnell von ihren Fesseln, während ich versuche, meine unbezähmbare Erektion zu ignorieren. »Musst du ins Bad?«, frage ich, als ich ihr hochhelfe, und sie nickt mir irritiert zu.

»Gehen wir.« Ich zerre sie durch den Flur und schiebe sie geradezu ins Bad. »Beeil dich.«

Fünf Minuten später kommt sie mit frisch gewaschenem Gesicht und nach Zahnpasta riechendem Atem wieder heraus. Ich untersuche ihre Hände, um sicherzugehen, dass sie leer sind und führe sie danach ins Schlafzimmer. Ohne sie aus den Augen zu verlieren schnappe ich mir eine Decke, die ich auf den Boden vor das Fußende des Bettes werfe. Dann greife ich in die Nachttischschublade, nehme ein aufgewickeltes Seil heraus, das ich vorbereitet hatte, und befehle Yulia: »Auf die Decke.«

Sie erstarrt und ich sehe, wie sie auf das Seil blickt, das ich in meinen Händen halte.

»Hierhin«, wiederhole ich und strecke mich nach ihr aus. »Auf die Decke. Jetzt.«

Sie spannt sich an, als ich sie zur Decke ziehe und einen Moment lang bin ich mir sicher, dass sie sich wehren wird. Stattdessen gehorcht sie steif und faltet ihre langen Beine unter sich.

»Leg dich hin.« Ich lasse ihren Arm los um ihre Schulter nach unten zu drücken. Mein Geschlecht pocht, als ich ihre weiche Haut spüre und ich muss tief durchatmen, um dem Drang zu widerstehen, sie mir zu nehmen bevor ich gehe. So wie ich mich gerade fühle, würde ich nicht mehr als einige Minuten benötigen, um mich zu entladen und die Versuchung, ihre Beine zu spreizen und sie zu ficken ist unwiderstehlich. Wenn ich nicht mehr als einen rauen Quickie wollen würde, wäre ich schon in ihr.

»Lucas.« Ihre Lippen zittern, als sie zu mir hochblickt. »Bitte, ich —«

»Leg dich verdammt nochmal hin. Jetzt«, fauche ich sie an, da ich meine Geduld verliere. Wenn ich sie zwingen muss, werde ich sie nehmen.

Mit blassem Gesicht gehorcht Yulia und streckt sich auf der Decke aus. Sobald sie liegt, knie ich mich neben sie, ergreife ihre Hände und hebe sie über ihren Kopf. Vorsichtig, um ihr nicht die Blutzufuhr abzuschnüren, wickele ich das Seil fest um ihre Handgelenke und binde das andere Ende um das eine Bein des Bettes. Danach mache ich das gleiche mit ihren Knöcheln am anderen Bein des Bettes, und versuche die Steifheit ihrer Glieder zu ignorieren. Das Endergebnis ist, dass sie ausgestreckt auf ihrer Seite auf der Decke liegt und ihre Knöchel und Handgelenke an den gegenüberliegenden Seiten des Bettes befestigt sind.

Ich stehe auf und betrachte mein Werk. Da das Bett schwer ist, ist Yulia hier noch sicherer gefesselt als auf dem Stuhl — und sie befindet sich in einer besseren Schlafposition, falls das Problem mit dem Eindringling mehr Zeit in Anspruch nimmt als ich erwarte.

Bevor ich gehe, nehme ich ein Kissen und schiebe es unter ihren Kopf. Ihr Haar ist über ihr Gesicht gefallen, also streiche ich die seidigen blonden Strähnen zur Seite und versuche die pochende Lust in mir zu ignorieren. Sie blickt mich mit ihren Augen, die wie tiefe blaue Seen wirken, an und ich stöhne beinahe auf, als sie sich mit ihrer Zunge über die Lippen fährt, um sie zu befeuchten.

»Ich bin bald zurück«, sage ich und zwinge mich dazu, aufzustehen und von ihr wegzugehen.

Bevor ich meine Meinung über den Quickie ändern kann, habe ich den Raum verlassen und bin auf dem Weg zum North Tower One.

VIERUNDZWANZIGSTES KAPITEL

❖ YULIA ❖

Mein Puls rast und ich halte die Luft an, als ich dem Geräusch von Lucas' leiser werdenden Schritten lausche. Er hat gesagt, dass er bald zurück sein wird. Bedeutet das, dass er sich duschen will oder dass er irgendwo hingeht? Sosehr ich auch lausche, ich kann nicht hören, ob die Eingangstür geöffnet wird, aber das hat nichts zu bedeuten. Das Schlafzimmer befindet sich wahrscheinlich zu weit vom Eingang entfernt.

Nach einigen Minuten Stille bewege ich mich auf der Decke, um die Spannung in meinen Schultern zu vermindern. Da meine Hände an ein Bein des Bettes und meine Beine ans andere gefesselt sind, kann ich mich nicht weiter als einige Zentimeter in jede

Richtung bewegen, und die ausgestreckte Position ist nur ein klein wenig bequemer als das Sitzen auf dem Stuhl.

Langsam werde ich frustriert und teste meine Fesseln. Wie zu erwarten war, geben sie nicht nach und das hölzerne Kingsize Bett ist so schwer, dass es genauso gut im Boden verankert sein könnte. Jedes Mal, wenn ich an dem Seil ziehe, schneidet es sich in meine Haut, also unterlasse ich meine Anstrengungen.

Ich atme langsam ein und versuche, mich zu entspannen, aber ich bin zu besorgt.

Wo ist Lucas? Warum hat er mich so gefesselt hier zurückgelassen? Als er das Seil hervorgezogen hat und mir befahl, mich auf die Decke zu begeben, war ich mir sicher, dass er mich zwingen würde — Freundin hin oder her. Ich konnte seine Erektion sehen, den starken Hunger in seiner Berührung spüren, und nur das Wissen, dass es unendlich schlimmer sein würde, wenn ich mich zur Wehr setzte, hat mich seine Anordnung befolgen lassen.

Ich hatte gehofft, dass er weniger brutal sein würde, wenn ich das tat, was er wollte.

Aber er hat mich nicht berührt. Er hat mich lediglich ans Bett gefesselt und mich hier auf der Decke liegengelassen. Er hat mir sogar ein Kissen gegeben, so als wäre es ihm wichtig, dass ich bequem liegen kann.

So als sei ich nicht jemand, den er plant irgendwann umzubringen.

Einige weitere Minuten vergehen ohne ein Zeichen von Lucas und ich komme zu der Erkenntnis, dass er das Haus doch verlassen haben muss. Wahrscheinlich wegen der Textnachricht, die er bekommen hat. Hatte sie mit seiner Arbeit zu tun oder war sie privat? Hat sie etwas mit seiner mysteriösen Freundin zu tun? Sie weiß, dass ich hier bin. Sie hat mich nackt in diesem Haus sitzen sehen. Könnte es sein, dass sie Lucas zu sich gebeten hat, weil sie vermutet, dass etwas zwischen uns läuft? Weil sie nicht möchte, dass ihr Freund auf diese Weise mit seiner Gefangenen spielt?

Unlogischerweise ziehen sich bei diesem Gedanken meine Eingeweide zusammen. Ich weiß nicht, warum es mich stört, dass Lucas eine Freundin hat. Wir führen keine Beziehung, zumindest nicht im romantischen Sinn. Er hat mich hierher gebracht, um mich zu quälen und mich für das büßen zu lassen, was ich getan habe. Wenn jemand einen Anspruch auf ihn hat, dann dieses Mädchen, nicht ich.

Ich bin die andere Frau — diejenige, die er begehren mag, aber niemals lieben wird.

Ich schließe meine Augen und versuche erneut, mich zu entspannen. Die Erschöpfung, die ich spüre, ist erdrückend, aber aus irgendeinem Grund kann ich nicht schlafen. Der Luftzug aus der Klimaanlage fühlt sich auf meiner nackten Haut kalt an und meine Schultern schmerzen, weil meine Arme nach oben gestreckt sind. So lächerlich das auch ist, ein kleiner

Teil von mir wünscht sich, dass Lucas hier wäre — dass ich jetzt in seiner harten Umarmung läge.

Diese Vorstellung ist so verlockend, dass ich ihr nachgebe, so wie im Gefängnis. In meinem Traum ist nichts von dem, was geschehen ist, echt. Lucas hasst mich nicht. Es gab keinen Flugzeugabsturz und wir befinden uns nicht auf gegenüberliegenden Seiten. Er hält mich einfach nur, küsst mich … schläft mit mir.

In meinem Traum gehört er zu mir und ich zu ihm — und nichts kann uns trennen.

FÜNFUNDZWANZIGSTES KAPITEL

❖ LUCAS ❖

Als ich am Wachturm ankomme, haben Diego und die anderen den Eindringling in einem kleinen Schuppen in der Nähe aufgehängt. Es ist rabenschwarz draußen und es gibt in dem Verschlag keine Elektrizität, weshalb ich eine batteriebetriebene Laterne mitbringe, um mir den Gefangenen anschauen zu können.

Als das Licht auf ihn fällt, sehe ich, dass es sich bei ihm um einen durchschnittlich aussehenden kolumbianischen Mann wahrscheinlich Anfang dreißig handelt. Seine Bekleidung wirkt billig und ist ein wenig schmutzig — auch wenn das von dem Kampf mit unseren Wachmännern kommen könnte. Es ist geknebelt, wahrscheinlich um ihn davon abzuhalten, die Wächter mit seinem Betteln zu nerven.

Ich trete zurück und drehe mich zu Diego um. Der junge Mexikaner hat ein blaues Auge — ein Andenken an meinen Wutausbruch wegen Yulia. Einen Augenblick lang überlege ich, mich ernsthafter bei ihm zu entschuldigen, aber dann beschließe ich, dass jetzt nicht der richtige Zeitpunkt ist. »Wo habt ihr ihn gefunden?«, frage ich stattdessen.

»Er war am Flussufer«, erklärt Diego leise. »Er hatte ein Boot bei sich und behauptete, gerade geangelt zu haben.«

»Aber du glaubst ihm nicht?«

»Nein.« Diego wirft einen Blick auf den Mann. »Sein Boot hat nicht eine Schramme. Es ist brandneu.«

»Ich verstehe.« Diego hatte vollkommen Recht damit, misstrauisch zu sein. Nur wenige Fischer in dieser Gegend können sich ein neues Boot leisten. »In Ordnung. Nehmt ihm seinen Knebel ab und wir sehen, was er sagt.«

* * *

Es ist zwei Uhr morgens, als der Eindringling endlich redet. Ich genieße das Foltern nicht so sehr wie Esguerra, also habe ich die Wächter zuerst rangelassen. Sie verprügeln ihn, bis er einige gebrochene Rippen hat und dann frage ich ihn, was er hier zu suchen hat. Er versucht zu lügen, besteht darauf, zufällig auf das

Anwesen gestoßen zu sein, aber nachdem ich einige Male mit meinem Klappmesser über ihn geglitten bin, beginnt er zu singen und uns alles über seinen Auftraggeber, einem mächtigen Drogenbaron aus Bogotá, zu berichten.

»Werden diese Cabrons niemals etwas lernen?«, fragt Diego angeekelt, als der Mann nur noch schluchzend um Gnade bittet. »Man würde denken, dass sie es besser wüssten, als solch einen Scheiß zu versuchen. Diesen Joker zu schicken um Lücken in unserem Sicherheitssystem zu finden — hätten sie es dümmer anstellen können?«

»Das hätten sie.« Ich gehe zu dem winselnden Mann und schneide ihm die Kehle mit meinem Messer durch, um ihn von seinem Leiden zu erlösen. »Sie hätten versuchen können, uns hier anzugreifen.«

»Das stimmt.« Diego tritt zurück um dem spritzenden Blut auszuweichen. »Möchtest du, dass sein Körper zu seinem Patrón geschickt wird, oder sollen wir ihn verbrennen?«

»Verbrennen.« Ich säubere das Klappmesser an meinem T-Shirt — das sowieso schon so blutig ist, dass ein weiterer Fleck nichts ausmacht — und schließe es danach, bevor ich es wegstecke. »Sein Boss kann sich ruhig Gedanken machen.«

»Okay.« Diego weist die zwei anderen Wachen mit einer Geste an, den Körper aus dem Schuppen zu entfernen. Dieser Ort wird gereinigt werden müssen, aber das ist eine Aufgabe für die nächste Schicht. Ich warte, bis die frischen Wachen eintreffen und gebe ihnen die nötigen Anweisungen, bevor ich zu meinem Auto gehe.

Diego verlässt den Schuppen mit mir, also frage ich ihn: »Soll ich dich mitnehmen?«

»Gerne. Ich hatte eigentlich vor, zu Fuß zu gehen, aber nach Hause gefahren zu werden, hört sich gut an.« Er grinst mich an. »Damit ich schneller ins Bett komme.«

»Stimmt.« Bevor wir einsteigen, nehme ich ein aufgerolltes Handtuch aus dem Kofferraum, das ich für solche Situationen bereitliegen habe, und breite es auf dem Fahrersitz aus. Diego ist nicht so schmutzig wie ich, also lasse ich ihn ohne weitere Vorkehrungen auf dem Beifahrersitz Platz nehmen.

Die Fahrt ist kurz, aber Diego schafft es, dass meine Ohren am Ende bluten. Er ist hyperaktiv, so wie es bei einigen Personen der Fall ist, nachdem sie getötet haben. Es ist so, als müsse er sich bewusst machen, dass er lebt, dass es nicht sein Körper ist, der verbrannt wird. Ich weiß genau wie er sich fühlt, weil die gleiche Erregung durch meine Adern fließt. Sie ist nicht so stark wie bei meinen ersten Morden — man kann sich an alles gewöhnen, sogar daran, Leben zu nehmen — aber ich fühle mich trotzdem extrem lebendig und alle meine Sinne sind durch die Berührung mit dem Tod geschärft.

»Und noch was«, sagt Diego als ich vor seinem Wohnhaus anhalte, »Ich wollte dir nur sagen, dass ich keine bösen Absichten hatte, als ich vorhin über dein Mädchen gesprochen habe. Du hast recht - sie geht mich nichts an.«

»Sie ist nicht mein Mädchen.« Sobald diese Worte meinem Mund entweichen weiß ich, dass sie gelogen sind. Yulia mag nicht „mein Mädchen" sein, aber sie gehört mir.

Sie hat mir seit dem ersten Moment gehört, als ich sie in Moskau gesehen habe.

»Ja, wie auch immer.« Grinsend öffnet Diego die Tür und springt hinaus. »Bis morgen.«

Er schließt die Tür und ich fahre los. Kies fliegt hinter meinem Auto in die Luft, als ich das Gaspedal durchdrücke, weil ich plötzlich ungeduldig werde.

Ich habe zu lange gewartet.

Es ist an der Zeit, das zu beanspruchen, was mir gehört.

* * *

Bevor ich das Schlafzimmer betrete dusche ich ausgiebig, um alle Blut- und Schmutzspuren wegzuspülen. Das warme Wasser beruhigt mich etwas, aber das dunkle Pochen des Adrenalins ist immer noch in mir, als ich aus der Duschkabine steige, mich abtrockne und mein Schwanz sich voller Vorfreude aufrichtet.

Ich halte mich nicht damit auf, mich anzuziehen, bevor ich das Badezimmer verlasse. Die Luft fühlt sich auf meiner noch feuchten Haut kühl an, als ich den Flur entlanggehe und mein Herz schlägt schneller, als ich mir Yulia vorstelle, wie sie dort nackt, gefesselt und meiner Gnade ausgesetzt liegt. Niemals zuvor habe ich eine Frau in der Position gewollt, aber alles an meiner Gefangenen bringt meine primitivsten Instinkte zum Vorschein. Ich will sie gefesselt und hilflos.

Ich will, dass sie weiß, dass sie mir nicht entkommen kann.

Als ich das Schlafzimmer betrete ist es dunkel, also taste ich nach dem Lichtschalter. Als meine Nachttischlampe angeht, sehe ich Yulia ausgestreckt vor mir auf der Decke liegen. Ihr nackter Körper, der auf der Seite liegt, ist lang und schlank und sie hat mir ihren Rücken zugedreht. Trotz ihres Gewichtsverlusts ist ihr Po schön kurvig und ihre blasse Haut wirkt wie Alabaster auf der dunklen Decke. Sie bewegt sich nicht, als ich mich ihr nähere und ich sehe, dass sie schläft; ihre Augen sind geschlossen und ihre Lippen leicht geöffnet. Ihre vollen, runden Brüste bewegen sich gleichmäßig mit ihrer Atmung, ihre Nippel sind weich und rosa.

Die Lust, die sich den ganzen Tag über in mir aufgebaut hat, überkommt mich gewaltiger als zuvor. Ich knie mich neben sie und lasse meine Hand über ihre Seite gleiten, streichele sie von ihrer Schulter bis zur Mitte ihres Oberschenkels. Obwohl sie einige blaue Flecke aufweist, ist ihre Haut wunderschön, so sanft und glatt, dass ich sie überall schmecken möchte.

Ich gebe meinem Verlangen nach, beuge mich über sie, halte sie in meinen Armen fest und neige meinen Kopf nach unten, um ihren Nippel in den Mund zu nehmen. Er zieht sich sofort zusammen, verhärtet sich als ich an ihm sauge und ich fühle, wie sie sich unter mir anspannt und sich ihre Atmung verändert, als sie aufwacht.

Ich hebe meinen Kopf an, um sie anzuschauen und ihr in die Augen zu blicken. Ich erkenne Angst, aber sie ist mit etwas Anderem gemischt — etwas, dass mich unerträglich erregt.

Begehren.

Langsam und meine ganze Beherrschung aufbringend, lasse ich meine Hand kontrolliert über ihre Taille und Hüfte gleiten. Sie gibt keinen Laut von sich, aber ich sehe, wie ihre Augen sich verdunkeln, als meine Hand sich bewegt, um sich auf die feste, runde Erhebung ihres Pos zu legen. Ihre Haut fühlt sich kühl und weich, ihr Fleisch fest an, als ich leicht ihre Pobacke zusammendrücke. Sie fühlt sich so gut, so verdammt gut an, dass mein Schwanz schon bereit zum Explodieren ist und meine Hand vor Lust zittert, während ich sie weiter nach unten bewege, meine Finger unter die Rundung ihres Pos zwischen ihre Schenkel gleiten lasse.

Ja, genau das ist es. Ein wilder Triumph erfüllt mich, als ich ihre Falten erreiche und die Feuchtigkeit am Rand ihres Eingangs spüre. Ihre Muschi ist bereit für mich, genauso wie beim ersten Mal. Ich schaue ihr immer noch in die Augen, als ich meinen Finger in ihre enge Hitze schiebe und spüre, wie sie erschaudert und ein sanftes Aufstöhnen unterdrückt.

»Du willst mich, habe ich recht?« Meine Stimme ist leise und rau. »Du willst das hier.« Mein Daumen findet ihre Klitoris, drückt sich auf sie und ich beobachte ihre Reaktion. Sie scheint nicht mehr zu atmen und ihre Augen sehen in ihrem schmalen Gesicht riesig aus, während sie mich anblicken.

»Sag es.« Ich krümme meinen Finger in ihr und erhöhe meinen Druck auf ihre Klitoris. »Sag mir verdammt noch mal, dass du das willst.«

Sie schluckt, ihre blasse Kehle bewegt sich und ich fühle, wie sich ihre Muschi um meinen Finger zusammenzieht, während ein Schauer sie durchfährt. »Lucas, bitte ...«

»Sag es, verdammt nochmal«, knirsche ich hervor, aber sie schließt ihre Augen und dreht ihr Gesicht weg. Sie atmet jetzt schnell, ihre Brust hebt und senkt sich hektisch und ich fühle, wie ihre Muskeln erzittern, als ich einen zweiten Finger in sie schiebe und ihren engen Kanal ausdehne.

Sie kämpft gegen mich an, verleugnet mich.

Mein Hunger wird dunkel und meine Begierde vermischt sich mit Wut und Frustration. Wie kann sie es wagen, mir das anzutun? Sie gehört mir — ihr Körper gehört mir und ich kann mit ihm tun was ich möchte. Ich muss ihr keine Wahl lassen. Sie ist meine

Gefangene, meine Kriegsbeute und ich war mehr als geduldig mit ihr.

»Schau mich an.« Ohne meine Hand von ihrem Geschlecht zu nehmen, knie ich mich hin und nehme ihr Kinn in meine andere Hand, zwinge sie dazu, mich anzuschauen. »Spiel keine Spielchen mit mir«, knurre ich, als sie ihre Augen öffnet. »Du wirst verlieren, hast du verstanden?«

Sie blinzelt und ich fühle, wie sich ihre inneren Muskeln um meine Finger zusammenziehen. Sie ist triefnass, ihr Körper begrüßt meine Berührung. »Ja.«

»Was, ja?« Das ist alles, was ich tun kann um weiterhin mit ihr zu reden, anstatt sie auf der Stelle zu nehmen. Mein Daumen streicht über ihre Klitoris und zwingt sie dazu, aufzustöhnen. »Was, ja?«

»Ja, ich —«, sie schnappt nach Luft und ihre Stimme zittert. »Ich habe es verstanden.«

»Gut. Jetzt hör auf zu lügen und beantworte die verdammte andere Frage.« Ich krümme beide Finger in ihr und zwinge sie erneut, zu erschauern. »Begehrst du mich?«

Ihr Nicken ist leicht, kaum zu erkennen, aber es reicht.

Ich lasse ihr Gesicht los, ziehe meine Finger aus ihr zurück und meine Eier fühlen sich an, als würden sie sofort explodieren. Ich bin versucht, sie gleich hier auf der Decke zu nehmen, aber ich habe sie mir diese ganzen Wochen in meinem Bett vorgestellt und genau dort möchte ich sie dieses Mal haben.

Ich bin zu ungeduldig, um die Knoten ihrer Fesseln zu lösen, also stehe ich auf und gehe in den Wäscheraum, wo ich meine blutige Kleidung gelassen habe. Dreißig Sekunden später komme ich mit meinem Klappmesser zurück.

Ich gehe zu Yulias Beinen und öffne das Messer. Ihre Augen weiten sich Angst erfüllt, aber ich schneide nur das Seil durch, um ihre Knöchel zu befreien.

»Bleib still liegen«, befehle ich ihr und stehe auf, um zur anderen Seite zu gehen. Eine Sekunde später sind ihre Arme ebenfalls gelöst. Da ich keine Waffe in ihrer Nähe haben möchte, gehe ich auf die andere Seite des Zimmers und lege das Messer in die oberste Schublade meines Kleiderschranks, bevor ich mich zu ihr umdrehe.

Yulia hat sich bereits hingekniet und ist gerade dabei aufzustehen, aber ich gebe ihr keine Chance. Ich schließe den Abstand zwischen uns, beuge mich nach unten und hebe sie gegen meine Brust. Ich weiß, dass sie sich alleine auf das Bett legen kann, aber ich muss sie berühren, sie spüren. Ich kann den Pulsschlag an ihrem Hals sehen, als ich sie auf den weißen Laken absetze und meine Lust intensiviert sich.

Mir. Sie gehört mir.

Diese Worte sind ein primitiver Rhythmus in meinem Kopf. Niemals war ich so besitzergreifend bei einer Frau, wollte niemals so unbedingt eine zu meinem Eigentum machen. Dieses Verlangen ist rein instinktiv, ein Bedürfnis, das genauso dunkel und alt ist, wie der Drang zu töten. Ich habe sie bereits in jener Nacht in Moskau gehabt, aber das hat nicht gereicht.

Nicht einmal ansatzweise.

Während ich sie betrachte, öffne ich meine Nachttischschublade und nehme ein Kondom heraus. Ich reiße die Packung mit meinen Zähnen auf, ziehe das Kondom heraus und streife es über meinen pochenden Schwanz. Ihr Blick folgt meinen Fingern und ich sehe, dass sich ihr Körper noch stärker anspannt. Aus Angst oder Lust? Ich weiß es nicht, aber es interessiert mich auch nicht mehr.

»Komm her«, weise ich sie an und steige auf das Bett. Ich weiß nicht, was ich erwartet habe, als ich mich nach ihr ausstrecke, aber bestimmt nicht das, was geschieht.

Einen Moment später schlingt Yulia ihre Arme um meinen Hals und drückt ihre Lippen auf meine.

SECHSUNDZWANZIGSTES KAPITEL

❖ YULIA ❖

Ich weiß nicht, warum ich Lucas in jenem Moment küsse, aber sobald sich unsere Lippen treffen, schmilzt meine Angst dahin und wird von einem schmerzhaften Verlangen abgelöst. Ich begehre ihn — diesen harten, verwirrenden Mann der mich gefangen hält.

Mit den aufgefrischten Fantasien in meinem Kopf, begehre ich ihn mehr, als ich ihn fürchte.

Die Panik, die ich vorhin verspürt habe ist völlig verschwunden und die dunklen Erinnerungen schweigen, als er mich auf die Matratze drückt, während seine Hand in mein Haar gleitet. Ich biege mich ihm entgegen und er vertieft den Kuss, indem seine Zunge in meinen Mund eindringt und ihn hungrig erkundet. Er schmeckt nach Hitze und Leidenschaft, wie in meinen Träumen und Albträumen. Er verzehrt mich und ich verzehre ihn, als sich meine Hände hektisch über seinen muskulösen Rücken, seinen Hals und sein kurzes Haar bewegen. Ich weiß, dass er mich höchstwahrscheinlich in einer nicht allzu weit entfernten Zukunft töten wird — ich weiß, dass die Hände, die gerade meinen Kopf kraulen, mir eines Tages den Schädel einschlagen könnten — aber in diesem Moment ist das alles unwichtig.

Ich lebe nur in der Gegenwart, in der seine Zunge Lust anstatt Schmerzen auslöst.

Seine Lippen fahren über mein Ohr und ich fühle seine Zähne auf meinem Hals entlang knabbern, bevor er an der zarten Haut saugt. Mein ganzer Körper wird von einer Gänsehaut überzogen und die Lust wird intensiv und elektrisch, als seine rechte Hand meine Seite entlangfährt, über die Kurven meiner Taille und Hüfte gleitet, bevor sie sich zwischen unsere Körper zwängt, um mein Geschlecht zu finden. Zielstrebig legen sich seine Finger auf meine Klitoris und der Hunger in mir verstärkt sich.

Ich schreie seinen Namen, da ich von der Intensität meiner Empfindungen überrascht werde, aber es ist zu spät. Ich komme bereits, da mein Körper zu lange zu kurz vor dem Höhepunkt gewesen war.

Er liebkost mich, während die Lustwellen mich mitreißen, seine Finger streicheln meine Falten, bis mein Orgasmus vorüber ist, und dann ergreift er mein

Bein um es weit geöffnet über seine Hüfte zu legen. Sein Schwanz drückt gegen meine Oberschenkelinnenseite und ein Hauch von Angst durchfährt mich, als ich in seine glitzernden Augen schaue.

»Ich werde dich nehmen«, sagt er mit tiefer und kehliger Stimme. »Du gehörst mir, hast du mich verstanden? Mir.«

Überrascht versuche ich seinen Anspruch zu verarbeiten, aber in diesem Moment küsst Lucas mich erneut und meine Augen schließen sich, während meine Fähigkeit zu denken sich in Luft auflöst. Sein Körper ist ein warmer Käfig aus Eisen, der mich umhüllt; sein Geruch und sein Geschmack überwältigen meine Sinne. Ich kann nicht einatmen, ohne seinen Duft aufzunehmen, kann nichts Anderes fühlen, als die verschlingende Macht seines Mundes und die Härte seiner Erektion am Eingang zu meinem Körper.

Ich klammere mich in seine Seiten, meine Nägel dringen in seine Haut ein und dann spüre ich ihn — seinen dicken Schwanz, der in mich stößt, in mich eindringt. Der Griff seiner linken Hand in meinem Haar festigt sich, hält mich davon ab, mich von seinem Mund wegzudrehen, und ich kann nicht einmal aufschreien, als er mich ausdehnt, meinen Körper für sich beansprucht, als habe er das Recht dazu. Er dringt so tief ein, dass es schmerzen sollte, was es auch tut —

aber gleichzeitig fühle ich Lust, Lust und eine eigenartige Erleichterung.

Erleichterung darüber, dass ich in diesem Moment wirklich zu ihm gehöre.

Als er vollständig in mir ist, hebt er seinen Kopf an, lässt mich zu Atem kommen und ich öffne meine Augen, um ihn anzublicken. Seine Lippen glänzen von unseren Küssen und seine sonnengebräunte Haut spannt über seinen, auf eine raue Art schönen, Gesichtszügen. Ich spüre, wie tief er in mir vergraben ist, wie die Hitze, die von ihm ausgeht, mich von innen heraus verbrennt und mein Körper für ihn schmilzt, ihn mit mehr Feuchtigkeit umgibt.

»Yulia«, flüstert er während er mich anblickt und ich weiß, dass er sie auch spürt, diese Anziehung, diese instinktive Verbindung zwischen uns beiden. Er mag die ganze Macht besitzen, aber in diesem Moment ist er genauso verletzlich wie ich, befindet sich in der Hand des gleichen Wahnsinns.

Ich weiß nicht, ob ihm das auch gerade klar wird, aber plötzlich spannt sich sein Kiefer an und sein Blick wird kalt und verschlossen. Ohne ein weiteres Wort zu sagen, streckt er seine linke Hand nach unten, um damit eines meiner Handgelenke zu ergreifen und es über meinen Kopf zu führen, um es dort festzuhalten. Danach wiederholt er das gleiche mit seiner rechten Hand und ich finde mich unter ihm ausgestreckt wieder, ohne mich bewegen oder ihn berühren zu können.

Ich befinde mich hilflos unter einem Mann, der mich bestrafen will.

»Lucas, warte«, flüstere ich, als ich das dunkle panische Prickeln spüre, aber es ist bereits zu spät. Er hält meine Handgelenke über meinem Kopf fest, während er beginnt, sich in mir zu bewegen, und in seinen Augen eisige Wut funkelt. Seine Stöße sind hart und gnadenlos, sie nehmen mir den Atem und nötigen meiner Kehle schmerzerfüllte Schrei ab. Er macht keine Liebe mit mir, er nimmt meinen Körper, macht seinen Anspruch so brutal wie jeder Eroberer geltend.

Ich beginne mich zu wehren, als die Panik sich ausbreitet und die alten Erinnerungen hochkommen, aber ich bin machtlos. Ich werde festgehalten, benutzt, und der Mann auf mir kennt keine Gnade. Sein Körper nimmt sich meinen, immer wieder und ich fühle, dass ich zu dem kalten, dunklen Ort gleite, den ich nur unter höchsten Anstrengungen verlassen habe. Die Grenzen zwischen Gegenwart und Vergangenheit verschwimmen und ich höre Kirills grausame, spöttische Stimme, rieche den erstickenden Gestank seines Eau de Cologne als er mich auf den Boden wirft. Das Entsetzen beginnt, mich zu verschlingen, aber bevor ich völlig verloren bin, vereint Lucas meine Handgelenke in einer seiner großen Hände und gleitet mit seiner anderen Hand zwischen uns, um meine Klitoris zu finden. Seine Berührung ist erfahren, zielsicher und die überwältigende Lust holt mich in die

Gegenwart zurück, macht mir klar, dass sich erneut Spannung in mir aufbaut.

Ich schließe meine Augen fest und versuche, mich wegzudrehen, zu entkommen, aber hier gibt es keinen Zufluchtsort. Hier gibt es nur seinen Schwanz in mir und seine Finger auf meiner Klitoris, Schmerz und Lust, die zu einer lasterhaften erotischen Spirale miteinander verschlungen sind. Mit Kirill gab es keine Lust, niemals etwas anderes als furchtbaren Schmerz, und das Entsetzen über diese zweiseitigen Empfindungen erdet mich gerade, erinnert mich daran, dass der Mann auf mir nicht mein Trainer ist.

Es ist Lucas, ein weiterer Mann, der mich hasst.

Aber mein Körper weiß das nicht, bemerkt nicht, dass die Art und Weise auf die er mich berührt keine Lust verschaffen sollte. Trotz der Härte seiner Stöße sind Lucas Finger auf meiner Klitoris zärtlich und die Lust wird stärker, verjagt die Dunkelheit. Stöhnend und keuchend biege ich mich nach oben, verzweifeltes Bitten entschlüpft meiner Kehle und er verstärkt seinen Druck auf meine Klitoris, um mich an diesen heißen, vulkanischen Rand des Orgasmus zu bringen.

»Komm für mich, meine Schöne«, sagt er heiser, senkt sein Gesicht auf meinen Hals und entsetzt fühle ich, wie ich meinen Höhepunkt erreiche. Explosive Ekstase steigt in mir auf und strahlt aus jeder der Zellen in meinem Körper, alle meinen Muskeln zittern, als ich mich zuckend um seinen dicken Schwanz zusammenziehe.

Überwältigt rufe ich seinen Namen und im gleichen Moment höre ich wie seine Atmung sich verändert und ein tiefes Stöhnen seiner Brust entweicht. Seine Hände verstärken ihren Griff an meinen Handgelenken, als er ein letztes Mal tief in mich stößt und innehält, während seine Hüften eine kreisende, reibende Bewegung ausführen. Ich spüre, wie sein Schwanz in mir pulsiert und ich weiß, dass er ebenfalls gekommen ist.

Verzweifelt schnappe ich nach Luft und drehe meinen Kopf zur Seite, da ich mich weder ihm, noch dem verwirrenden Gefühlschaos in meiner Brust stellen möchte. Ich bin am Ende meiner Kräfte, erledigt durch die Schmerzen und die Lust. Er ist immer noch in mir und sein Schwanz ist nur unwesentlich weicher als vorher. Ich fühle die klebrige Feuchte des Schweißes, der unsere Körper verbindet, höre seinen schweren Atem und fremde, unwillkommene Tränen brennen in meinen Augen.

Falls ich Zweifel an der Echtheit dessen gehabt hätte, was zwischen uns passiert ist, wären sie jetzt verschwunden. Dieser Akt, dieses Erlebnis, das unsere Seelen verändert hat, beeindruckt mich noch mehr als die Tatsache, dass Lucas lebt.

Er lebt und ich bin seine Gefangene.

Die Tränen drohen aus meinen Augen zu entweichen und ich drücke meine Augenlider fester zusammen, da ich entschlossen bin, das zu verhindern. Ich kann mir den Luxus zu weinen nicht erlauben. Was auch immer das hier zu bedeuten hat, was auch immer

Lucas mit mir vorhat, ich werde es ertragen müssen. Ich muss stark sein, weil das hier erst der Anfang ist. Meine Gefangenschaft hat gerade erst begonnen.

LESEPROBEN

Vielen Dank dafür, dass Sie dieses Buch gelesen haben. Wir würden uns sehr darüber freuen, wenn Sie eine Kritik hinterlassen könnten.

Die Geschichte von Lucas & Julia geht in *Bind Me - Fessele Mich (Ergreife Mich: Buch 2)* weiter. Falls Sie benachrichtigt werden möchten, sobald ein neues Buch erscheint, tragen Sie sich bitte für meinen Newsletter für Neuerscheinungen ein.

Sollten Sie die Geschichte von Nora & Julian noch nicht gelesen haben, empfehle ich ihnen einen Blick in *Twist Me - Verschleppt* zu werfen. Alle drei Bücher der Trilogie sind jetzt im Handel erhältlich.

Sollte Ihnen dieses Buch gefallen haben, könnten Sie auch die Geschichte von Mia & Korum mögen, eine weitere meiner Trilogien, die bereits erschienen ist.

Allen Hörbuchliebhabern empfehle ich Audible.de zu besuchen, wo Sie diese Serie und unsere anderen Bücher finden können.

Und jetzt blättern Sie bitte weiter, um einen kleinen Vorgeschmack auf *Twist Me - Verschleppt* und *Gefährliche Begegnungen* zu erhalten.

AUSZUG AUS *TWIST ME - VERSCHLEPPT*

Anmerkungen der Autorin: Dieses Buch gehört zu einer Reihe von Büchern, die auf Grund ihres sexuellen Inhalts definitiv als Lektüre für Erwachsene gedacht sind. Bewahren Sie deshalb dieses Buch am besten außerhalb der Reichweite von Kindern im lesefähigen Alter auf. Es unterscheidet sich außerdem von meinen anderen Büchern, da die Hauptperson diese Geschichte erzählt. Der Auszug und die Beschreibung sind noch nicht editiert und deshalb können spätere Änderungen nicht ausgeschlossen werden.

* * *

In dem Moment, als die Achtzehnjährige Nora Leston die Aufmerksamkeit von Julian auf sich zieht, verändert sich ihr Leben komplett. Sie wird verschleppt und auf eine einsame Insel im Pazifischen Ozean gebracht, wo sie die Begierden ihres sadistischen Entführers befriedigen muss — einem dunklen geheimnisvollen Mann, der genauso grausam wie gut aussehend ist ...

Hinweis: *Dieses Buch ist dunkle Erotik, kein Liebesroman. Es bietet: eine junge und unberührte Heldin, beunruhigende Szenen mit dubiosem Inhalt, Gefangenschaft, Machtspiele und sehr viel Sex, bei dem die Blümchen vor der Tür bleiben.*

* * *

Jetzt ist schon Abend. Mit jeder Minute, die vergeht, werde ich ängstlicher bei dem Gedanken daran, meinen Peiniger wiederzusehen.

Ich kann mich nicht länger auf den Roman konzentrieren, den ich gerade gelesen habe. Ich lege ihn weg und drehe Runden in dem Zimmer.

Ich habe die Sachen an, die Beth mir vorhin gegeben hat. Es ist keine Kleidung, die ich mir selber ausgesucht hätte, aber sie ist besser als ein Bademantel. Ein sexy Spitzenhöschen und einen dazu passenden BH als Unterwäsche. Ein hübsches blaues Sommerkleid zum vorne zuknöpfen. Alles passt mir verdächtig gut. Hat er mich schon eine ganze Weile verfolgt? Hat er alles über mich herausgefunden, einschließlich meiner Kleidergröße?

Mir wird schlecht bei dem Gedanken daran.

Ich versuche, nicht darüber nachzudenken, was noch alles passieren kann, aber das ist unmöglich. Ich weiß nicht warum ich mir so sicher bin, dass er heute Nacht zu mir kommen wird. Es ist natürlich möglich, dass er einen ganzen Harem voller Frauen hier auf dieser Insel festhält und jede nur einmal die Woche besucht, wie das die Sultane damals taten.

Und trotzdem weiß ich irgendwie, dass er bald hier sein würde. Die letzte Nacht hatte lediglich seinen Appetit angeregt. Ich weiß, dass er noch nicht mit mir fertig ist, noch lange nicht.

Endlich geht die Tür auf.

Er kommt herein, als würde ihm dies alles hier gehören. Was es natürlich auch tut.

Und wieder bin ich von seiner männlichen Schönheit beeindruckt. Mit so einem Gesicht hätte er ein Model oder ein Filmstar sein können. Wenn es auf dieser Welt Gerechtigkeit gäbe, wäre er klein oder hätte einen anderen Makel, der von seinem Gesicht ablenken würde.

Hat er aber nicht. Sein Körper ist groß und muskulös, mit perfekten Proportionen. Ich erinnere mich daran, wie es ist, ihn in mir zu haben und fühle ein unwillkommenes Aufflackern von Erregung.

Er trägt wieder Jeans und T-Shirt. Diesmal ein graues. Er scheint eine Vorliebe für schlichte Kleidung zu haben und das ist clever von ihm. So kommt sein Aussehen am besten zur Geltung.

Er lächelt mich an. Mit diesem Lächeln, dass ihn wie einen gefallenen Engel aussehen lässt — dunkel und verführerisch. »Hallo Nora.«

Ich weiß nicht, was ich ihm sagen soll, also platze ich mit dem ersten heraus, das mir in den Sinn kommt. »Wie lange wirst du mich hier fest halten?«

Er legt seinen Kopf leicht zur Seite. »Hier in diesem Raum? Oder auf der Insel?«

»Beides«

»Beth wird dir morgen die Umgebung zeigen und mit dir schwimmen gehen, falls du Lust dazu hast«, sagt er und kommt dabei immer näher. »Du wirst nicht mehr eingesperrt sein, außer du machst Dummheiten.«

»Wie zum Beispiel?« frage ich und mein Herz klopft, als er neben mir stehen bleibt und seine Hand hebt, um mein Haar zu berühren.

»Versuchen, dir oder Beth etwas anzutun.« Seine Stimme war sanft und sein Blick hypnotisierend als er zu mir hinunter sieht. Die Art und Weise, wie er mein Haar berührt, war sonderbar entspannend.

Ich zwinkere, um seinen Zauber zu brechen. »Und was ist mit der Insel? Wie lange wirst du mich hier festhalten?«

Seine Hand streichelt jetzt mein Gesicht und fährt an meiner Wange entlang. Ich erwische mich dabei, wie ich mich seiner Berührung hingebe, wie eine Katze, die gekrault wird, und versteife augenblicklich.

Seine Lippen verziehen sich zu einem wissenden Lächeln. Dieser Bastard weiß genau welche Wirkung er auf mich hat. »Eine lange Zeit, hoffe ich«, sagt er.

Aus irgendeinem Grund bin ich nicht überrascht. Er würde sich nicht die Umstände gemacht haben, mich bis hierherzubringen, wenn er mich nur einige Male ficken wollte. Ich habe Angst, aber bin nicht wirklich verwundert.

Ich nehme all meinen Mut zusammen und frage die nächste logische Frage. »Warum hast du mich entführt?«

Das Lächeln verschwindet aus seinem Gesicht. Er antwortet nicht, sondern schaut mich nur mit einem undurchschaubaren melancholischen Blick an.

Ich fange an zu zittern. »Wirst du mich töten?«

»Nein, Nora, ich werde dich nicht töten.«

Seine Verneinung beruhigt mich, auch wenn er mich gerade anlügen könnte. Ich bin ein kleines bisschen ruhiger, aber es gibt da noch eine weitere Sache, die ich unbedingt wissen muss. »Wirst du mir wehtun?«

Einen Moment lang antwortet er wieder nicht. Etwas Dunkles flackert kurz in seinen Augen auf. »Wahrscheinlich«, sagt er ruhig.

Und dann beugt er sich hinunter und küsst mich, mit seinen warmen Lippen weich und zärtlich auf meine.

Eine Sekunde lang stehe ich stocksteif da, ohne irgendeine Reaktion. Ich glaube ihm. Ich weiß, dass er mir die Wahrheit sagt, wenn er behauptet, dass er mir wehtun wird. Er hat etwas an sich, das mir Angst Macht — das mir schon von Anfang an Angst gemacht hat.

Er ist überhaupt nicht wie die Jungs, mit denen ich Verabredungen hatte. Er ist zu allem fähig.

Und ich bin ihm völlig ausgeliefert.

Ich denke darüber nach, mich zu wehren. Das wäre das Normale, was man in meiner Situation machen würde. Das wäre mutig.

Und trotzdem mache ich es nicht.

Ich kann die dunklen Abgründe in ihm fühlen. Irgendetwas stimmt mit ihm nicht. Seine äußere Schönheit verbirgt etwas Grauenvolles im Inneren.

Ich möchte diese Dunkelheit nicht entfesseln. Ich weiß nicht, was passieren wird, wenn ich es tue.

Also stehe ich bewegungslos in seiner Umarmung und lasse mich von ihm küssen. Und als er mich aufhebt und zum Bett trägt, versuche ich überhaupt nicht, etwas dagegen zu machen.

Stattdessen schließe ich meine Augen und gebe mich den Empfindungen hin.

* * *

Wenn Sie wissen möchten, wann *Twist Me - Verschleppt* erscheinen wird, besuchen Sie bitte meine Webseite http://www.annazaires.com/deutsch.html

und melden Sie sich für den Newsletter über meine Neuerscheinungen an.

265

AUSZUG AUS
GEFÄHRLICHE BEGEGNUNGEN

Anmerkungen der Autorin: *Gefährliche Begegnungen ist das erste Buch meiner Science-Fiction Romanserie, die Krinar Chroniken. Auch wenn es nicht so düster ist wie Twist Me, enthält es doch einige Elemente, die die Leser von dunkler Erotik mögen könnten.*

* * *

Eine düstere und anregende Liebesgeschichte, die die Fans erotischer und turbulenter Beziehungen begeistern wird ...

In der nahen Zukunft herrschen die Krinar auf der Erde. Sie sind eine sehr fortgeschrittene Rasse aus einer anderen Galaxie und immer noch ein Geheimnis für uns — außerdem sind wir ihnen völlig ausgeliefert.

Mia Stalis, schüchtern und unschuldig, ist eine Studentin in New York, die ein sehr normales Leben führt. Wie die meisten Menschen, hat sie nie etwas mit den Eindringlingen zu tun gehabt — bis zu diesem schicksalhaften Tag im Park, der ihr ganzes Leben auf den Kopf stellt. Da sie Korums Aufmerksamkeit auf sich gezogen hat, muss sie jetzt mit einem mächtigen, gefährlich verführerischen Krinar fertig werden, der sie besitzen möchte und vor nichts Halt machen wird, bis er sein Ziel erreicht.

Wie weit würden Sie gehen, um ihre Freiheit wiederzuerlangen? Wie viel würden sie aufgeben, um anderen Menschen zu helfen? Welche Wahl würden Sie treffen, wenn sie beginnen, sich in ihren Feind zu verlieben?

* * *

Die Luft war frisch und rein, als Mia mit schnellen Schritten einen gewundenen Pfad im Central Park entlangging. Überall zeigte sich schon der Frühling, in winzigen Knospen auf den noch immer kahlen Bäumen und in der rasch wachsenden Anzahl an Kindermädchen, die sich draußen mit ihren wilden Schützlingen über den ersten warmen Tag freuten.

Es war eigenartig, wie sehr sich alles in den letzten paar Jahren verändert hatte und wie sehr es doch gleich geblieben war. Wäre Mia vor zehn Jahren gefragt worden, was sie denke, wie ihr Leben wohl nach der Invasion einer anderen Rasse aussehen würde, hätte sie sich das bestimmt nicht so vorgestellt. Independence Day, Der Krieg der Welten — keiner dieser Filme näherte sich auch nur ansatzweise dem, was tatsächlich geschehen würde. Die Menschen trafen eine höher entwickelte Spezies, als diese zu Ihnen auf die Erde kam. Es war weder zum Kampf, noch zu irgendeinem Widerstand auf der Regierungsebene gekommen. *Sie* hatten es nicht erlaubt. Rückblickend wurde klar, wie dumm diese Filme gewesen waren. Nuklearwaffen, Satelliten, Kampfjets waren nicht mehr als kleine Steine und Stöcke für diese uralte Zivilisation, die schneller als mit Lichtgeschwindigkeit das Universum durchqueren konnte.

Als sie eine leere Bank nahe am See sah, ging Mia dankbar auf diese zu. Auf ihren Schultern machte sich die Last des Rucksacks bemerkbar, in dem sie ihren schweren zwölf Jahre alten Laptop und einige altmodische, noch auf Papier gedruckte Bücher hatte. Mit einundzwanzig fühlte sie sich manchmal alt, fehl am Platz in dieser schnellen neuen Welt der extra-schlanken Tablets und den in die Armbanduhren integrierten Handys. Die Geschwindigkeit der technischen Entwicklungen war seit dem K-Day nicht langsamer geworden, wenn Überhaupt, waren jetzt viele neue Spielereien durch das beeinflusst, was die Krinar besaßen. Nicht dass die Krinar irgendetwas ihrer kostbaren Technologie Preis gegeben hätten. Ihrer Meinung nach sollte ihr kleines Experiment ohne größere Beeinflussungen fortgeführt werden.

Mia öffnete den Reißverschluss ihres Rucksacks und holte ihren alten Mac heraus. Das Gerät war schwer und langsam, aber es funktionierte, und als arme Studentin konnte sich Mia nichts Besseres leisten. Sie loggte sich ein, öffnete ein neues Word-Dokument und machte sich bereit, sich durch das Schreiben ihrer Hausarbeit in Soziologie zu quälen.

Zehn Minuten und genau Null Worte später gab sie auf. Wem wollte sie denn damit etwas vor machen? Hätte sie wirklich dieses verdammte Ding schreiben wollen, wäre sie doch niemals in den Central Park gekommen. So verlockend es auch war, sich fest vorzunehmen die frische Luft zu genießen und gleichzeitig etwas zu arbeiten, in Wirklichkeit hatte Mia das noch nie hinbekommen. Eine muffige alte Bibliothek war ein viel besserer Ort für solche Tätigkeiten, die derartig das Hirn zermartern.

Mia gab sich in Gedanken einen Tritt für die eigene Faulheit, seufzte und sah sich trotzdem erst mal um. Die Menschen in New York zu beobachten amüsierte sie immer wieder.

Das Bild, was sie vor sich sah, war ein Klassiker, mit dem Obdachlosen auf der Parkbank — zum Glück nicht auf der neben ihr, er sah nämlich so aus, als würde er schon sehr streng riechen — und den beiden Kindermädchen, die miteinander auf Spanisch redeten, während sie langsam ihre Kinderwagen vor sich her schoben. Ein Mädchen mit leuchtend pinkfarbenen Reeboks, die einen schönen Kontrast zu ihren blauen Leggins bildeten, joggte auf einem Weg weiter vorne. Mias Blick folgte neidisch der Joggerin, als diese um die Ecke bog. Ihr eigener hektischer Tagesablauf ließ ihr nur wenig Zeit zum Trainieren und sie bezweifelte, dass sie derzeitig auch nur einen Kilometer lang mit diesem Mädchen mithalten konnte.

Rechts konnte sie die Bogenbrücke sehen, die über den ganzen See reichte. Ein Mann lehnte am Brückengeländer und schaute über das Wasser. Sein Gesicht war von ihr weg gedreht, weshalb Mia nur einen Teil seines Profils sehen konnte. Trotzdem zog irgendetwas an ihm ihre Aufmerksamkeit auf sich.

Sie war sich nicht sicher, was es war. Er war zweifellos groß und schien unter seinem teuer aussehenden Trenchcoat auch einen gut gebauten Körper zu besitzen, aber das konnte es nicht sein. Große, gut aussehende Männer waren in dem von Modells überlaufenden New York nichts Besonderes. Nein, es war irgendetwas anderes. Vielleicht war es die Art und Weise, wie er da stand — völlig bewegungslos. Sein Haar war dunkel und glänzte in der hellen Nachmittagssonne, vorne gerade lang genug, um leicht im warmen Frühlingswind zu wehen.

Außerdem war er völlig alleine.

Das ist es, bemerkte Mia auf einmal. Die normalerweise sehr beliebte und malerische Brücke war völlig leer, mit Ausnahme des Mannes, der dort am Geländer stand. Heute schien aus irgendeinem Grund jeder einen weiten Bogen um sie zu machen. Tatsächlich saß niemand außer ihr und ihrem hocharomatischen, obdachlosen Nachbarn auf den sonst so beliebten Bänken in der ersten Reihe am See, sie waren alle leer.

Als ob es ihren Blick auf sich spüren würde, drehte das Objekt ihrer Aufmerksamkeit langsam seinen Kopf und sah Mia direkt an. Bevor ihr Hirn sich dieser Tatsache bewusst werden konnte, fühlte sie, wie ihr Blut gefror und sie sich bewegungslos dem Feind ausgeliefert sah. Während sie ihn nur hilflos anstarren konnte, schien er sie sehr interessiert zu durchleuchten.

* * *

Atme, Mia, atme. Irgendwo in ihrem Hinterkopf wiederholte eine kleine rationale Stimme immer wieder diese Worte. Diesem seltsam objektiven Teil von ihr fiel auch sein symmetrisches Gesicht auf und die straffe goldfarbene Haut, die sich eng an hohe Wangenknochen und ein energisches Kinn schmiegte. Die Bilder und Videos die sie von den Krinar gesehen hatte, wurden ihnen kaum gerecht. Dieses Wesen, das weniger als 10 Meter von ihr entfernt stand, war einfach atemberaubend schön.

Während sie ihn weiterhin bewegungslos anstarrte, richtete er sich auf und ging auf sie zu. Er pirscht sich eher heran, kam ihr dummerweise in den Sinn, da jede seiner Bewegungen sie an eine junge Raubkatze erinnerte, die sich geschmeidig einer Gazelle annähert. Seine Augen ließen sie die ganze Zeit nicht aus dem Blick. Als er näherkam, konnte sie einzelne gelbe Sprenkel in seinen goldenen Augen erkennen und auch die vollen langen Wimpern sehen, die sie einrahmten.

Sie sah entsetzt und ungläubig, wie er sich weniger als einen Meter von ihr entfernt auf die gleiche Bank setzte und eine ebenmäßige Reihe weißer Zähne entblößte, als er sie anlächelte. Keine Fangzähne, bemerkte sie mit einem Teil ihres Gehirns, der noch zu funktionieren schien. Nicht die leiseste Spur von ihnen. Das war eines der Gerüchte über sie, genauso wie ihr vermeintlicher Abscheu vor der Sonne.

»Wie heißt du?« Das Wesen schnurrte die Frage förmlich. Seine Stimme war leise und weich, völlig ohne Akzent. Seine Nasenlöcher bebten leicht, als er ihren Duft einatmete.

»Ähm« Mia schluckte nervös. »M-Mia.«

»Mia«, wiederholte er langsam, und es schien, als würde er sich ihren Namen auf der Zunge zergehen lassen. »Mia, und weiter?«

»Mia Stalis.« Ach du Scheiße, warum wollte er denn ihren Namen wissen? Warum war er hier und redete mit ihr? Und überhaupt, was machte er eigentlich im

Central Park, fernab aller Siedlungen der Krinar? *Atme, Mia, atme.*

»Entspanne dich, Mia Stalis.« Sein Lächeln wurde breiter und es kam ein Grübchen in seiner linken Wange zum Vorschein. Ein Grübchen? Die Krinar hatten Grübchen? »Bist du bis jetzt noch nie auf einen von uns getroffen?«

»Nein, noch nie«, stieß Mia kurz hervor und dabei fiel ihr auf, dass sie ihren Atem die ganze Zeit anhielt. Sie war stolz darauf, dass ihre Stimme nicht so zitterig klang, wie sie sich anfühlte. Sollte sie fragen? Wollte sie es wirklich wissen?

Sie nahm all ihren Mut zusammen. »Was, äh —« nochmal Schlucken. »Was willst du von mir?«

»Jetzt gerade, mich mit dir unterhalten.« Mit diesen goldenen Augen, die sich an den Winkeln leicht zusammen zogen, sah er aus, als würde er gleich über sie lachen.

Seltsamerweise machte sie das so wütend, dass sie dadurch ihre Angst verdrängte. Wenn es etwas gab, das Mia mehr hasste als alles andere, dann war das, ausgelacht zu werden. Mit ihrem kleinen, dünnen Körper und ihrem allgemeinen Mangel an sozialer Kompetenz seit Teenagerzeiten — sie hatte das komplette Albtraumprogramm absolviert: Zahnspange, krauses Haar und Brille — waren schon mehr als einmal Witze auf Mias Kosten gemacht worden.

Sie schob angriffslustig ihr Kinn in die Höhe. »Also schön, und wie heißt du?«

»Korum.«

»Nur Korum?«

»Wir haben keine richtigen Nachnamen, zumindest nicht so wie ihr das habt. Mein voller Name ist sehr viel länger, aber du könntest ihn nicht aussprechen wenn ich ihn dir sagen würde.«

Okay, das war doch mal interessant. Sie erinnerte sich daran, mal so etwas in der *New York Times* gelesen zu haben. So weit, so gut. Ihre Beine hatten schon fast aufgehört zu zittern und ihre Atmung wurde auch wieder gleichmäßiger. Vielleicht, hatte sie ja doch noch eine klitzekleine Chance, aus dieser Nummer lebend herauszukommen. Diese Unterhaltung schien recht ungefährlich zu sein, auch wenn es sie etwas aus der Fassung brachte, dass er sie die ganze Zeit mit diesen gelblichen Augen anstarrte, ohne zu blinzeln. Sie beschloss, ihn reden zu lassen.

»Was machst du hier, Korum?«

»Das habe ich dir doch gerade gesagt. Ich unterhalte mich mit dir, Mia.« Seine Stimme hatte wieder den Hauch eines Lachens.

Frustriert stieß Mia ihren Atem aus. »Ich meine, was machst du hier im Central Park? Überhaupt in New York City?«

Er lächelte wieder und neigte seinen Kopf leicht zu einer Seite. »Vielleicht habe ich gehofft, hier ein hübsches Mädchen mit Locken zu treffen.«

Also, das reichte jetzt wirklich. Er spielte ganz klar mit ihr. Jetzt, da sie ihren Verstand wieder gebrauchen konnte, fiel ihr auf, dass sie sich mitten im Central Park befanden, in der Gegenwart einer Unmenge von Zeugen. Sie blickte sich verstohlen um, nur um sicherzugehen. Ja, obwohl die Menschen diese Bank und das darauf sitzende fremdartige Wesen offensichtlich mieden, gab es tatsächlich einige mutige Seelen, die aus sicherer Entfernung zu ihnen starrten. Ein Paar wagte es sogar, sie vorsichtig mit ihren in die Armbanduhren eingebauten Kameras zu filmen. Wenn der Krinar ihr irgendetwas antun sollte, wäre es umgehend auf YouTube zu sehen und das müsste er auch wissen. Natürlich könnte ihm das auch egal sein.

Da sie immer noch davon ausging, dass sie relativ sicher war — sie hatte noch nie von Videos gehört, die Übergriffe der Krinar auf Studentinnen mitten im Central Park zeigten — griff sie nach ihrem Laptop und hob ihn an, um ihn zurück in ihren Rucksack zu packen.

»Lass mich dir damit helfen, Mia —«

Und bevor sie auch nur blinzeln konnte, merkte sie, wie er den schweren Laptop aus ihren plötzlich kraftlosen Fingern nahm und dabei leicht deren Knöchel streifte. Als er sie berührte, durchfuhr Mia ein Gefühl wie ein elektrischer Schock, der, als er abebbte, kribbelnde Nervenverbindungen hinterließ.

Er nahm ihren Rucksack und packte den Laptop mit einer weichen und geschmeidigen Bewegung weg. »So, fertig.«

Oh Gott, er hatte sie berührt. Vielleicht war ihre Theorie über die Sicherheit auf öffentlichen Plätzen doch falsch. Sie merkte, wie sich ihre Atmung wieder beschleunigte, und ihre Herzfrequenz befand sich wahrscheinlich auch schon im Sauerstoff unabhängigen Bereich.

»Ich muss jetzt los ... Tschüss!«

Wie sie es schaffte, diese Worte herauszuquetschen ohne zu hyperventilieren, würde sie wohl nie herausfinden. Sie griff sich den Riemen ihres Rucksacks, den er soeben losgelassen hatte und sprang auf ihre Füße. Dabei fiel ihr irgendwo im Hinterkopf auf, dass die Lähmung von vorhin verschwunden war.

»Tschüss Mia. Bis später.« Seine Stimme mit dem leicht spottenden Unterton war noch lange in der klaren Frühlingsluft zu hören, als sie losging und fast rannte, weil sie es so eilig hatte, von ihm wegzukommen.

* * *

Wenn Sie mehr darüber erfahren möchten, besuchen Sie bitte Annas Webseite www.annazaires.com/deutsch.html

ÜBER DIE AUTORIN

Anna Zaires hat sich schon im zarten Alter von fünf Jahren in Bücher verliebt, in dem ihr ihre Großmutter das Lesen beibrachte. Kurz darauf schrieb sie auch schon ihre erste Geschichte. Seitdem lebt Anna neben der realen Welt auch ständig in einer Phantasiewelt, in der ihr nur ihre eigene Vorstellungskraft Grenzen setzen kann. Zurzeit lebt die verheiratete Autorin in Florida, zusammen mit ihrem Traummann, dem Sience-Fiction und Fantasy Romanautoren Dima Zales, der auch eng mit ihr an der Erschaffung der *Krinar Chroniken* arbeitet.

Nach ihrem abgeschlossenen Wirtschaftsstudium an der Universität von Chicago hat Anna acht Jahre lang an der Wall Street Aktien analysiert und Untersuchungsberichte geschrieben. 2013 wurde sie dann eine Vollzeitschriftstellerin und erfüllte sich damit ihren lebenslangen Traum, Romanautorin zu werden.

Dima Zales ist die Liebe ihres Lebens und eine enorme Inspiration in allen Bereichen ihrer Arbeit. Jedes Buch, das Anna schreibt, ist ein Produkt dieser einzigartigen Zusammenarbeit.

Neben dem Lesen und Schreiben liebt Anna Tee trinken (Kokosnuss Oolong gefällig?), süchtig machende TV Serien anzuschauen und Buchideen auf ausgedehnten Spaziergängen mit ihrem wundervollen Mann zu besprechen.

Außerdem freut Anna sich immer riesig, von ihren Lesern zu hören, also scheuen Sie sich nicht, sie über diese Website zu kontaktieren oder sie auf Facebook zu ihren Kontakten hinzuzufügen, da sie dort sowieso viel zu viel Zeit verbringt. Schauen Sie doch bitte auch mal auf der Seite ihres Ehemannes und Arbeitspartners Dima Zales auf www.dimazales.com/deutsch.html vorbei und werfen Sie einen Blick auf seine Fantasy und Science-Fiction-Romane.

Wenn Sie mehr erfahren möchten, besuchen Sie bitte www.annazaires.com/deutsch.html.

www.ingramcontent.com/pod-product-compliance
Lightning Source LLC
Chambersburg PA
CBHW061022120726
47910CB00006B/2056